心安是归处

琦君 著

江苏凤凰文艺出版社
JIANGSU PHOENIX LITERATURE AND ART PUBLISHING, LTD

图书在版编目（CIP）数据

心安是归处 / 琦君著. -- 南京：江苏凤凰文艺出
版社, 2019.6
ISBN 978-7-5594-2964-3

Ⅰ. ①心… Ⅱ. ①琦… Ⅲ. ①散文集 – 中国 – 当代
Ⅳ. ①I267

中国版本图书馆CIP数据核字（2018）第222517号

心安是归处

琦君 著

责任编辑　唐　婧　黄孝阳
图书策划　韩成建
装帧设计　微博@一页好事
责任印制　郝　旺
出版发行　江苏凤凰文艺出版社
　　　　　南京市中央路 165 号，邮编：210009
网　　址　http://www.jswenyi.com
印　　刷　北京文昌阁彩色印刷有限责任公司
开　　本　880×1230 毫米　1/32
印　　张　8.5
字　　数　150 千字
版　　次　2019 年 6 月第 1 版　2019 年 6 月第 1 次印刷
书　　号　ISBN 978-7-5594-2964-3
定　　价　49.80 元

江苏凤凰文艺版图书凡印刷、装订错误可随时向承印厂调换
电话：（010）83670070

目录

第一部 我爱这世间的一切

第二部 从恍惚的回忆中走过

第三部 三更有梦书当枕

第一部

我爱这世间的一切

苦涩慈母心

读了一位朋友主编的青年励志文集的序文，非常感动，也感触良深，就写信给朋友，谈起作为一个母亲，究竟要如何和儿女接近，做他们的朋友呢？那位朋友的回信简短而诚恳，却沉痛地提到她自己四年前丧失爱子的大恸。她说："做一个母亲，只要能常看见儿女，就是最大幸福了。人各有命，不要再替孩子操心了，还是为喜爱你文章的读者，多写点吧！"

我感谢她的劝告，却不由得泪水盈眶。母亲的心啊！多么辛酸苦涩？

处在今日千变万化的人世，能得骨肉团聚就是福，家人平安就是福，其他的真当一无所求了。

其实我又未尝不是这么想呢？我盼望看到的是儿子容光焕发的神情，听到的是他琅琅笑语之声。可是由于种种原因，我们不但见面难，连通电话都难，我即使见了面也相对无言，即使在电话中，他的声音是那么的冷漠与陌生，为什么呢？究竟是为什么呢？

我不禁想起他幼年时扶床绕膝的憨态，睡在小床上大着舌头唱“哥哥爸爸真伟大……”的快乐小胖脸。我更珍惜的是他渐渐长大点以后，为我用火柴棒搭的立体“快乐”二字，用蜡笔写了大大的六个字：“妈妈，给你快乐。”

如今，火柴棒的胶水早已脱落，“快乐”两字歪歪倒倒，我把它收在盒子里永远珍藏。每回打开，都发呆好半天，总希望有一天，他会说：“妈妈，让我来为你修补吧！”

我坚信，三十多年来，他一直都为给妈妈快乐而努力吧！其实，我不要求他给我快乐，我希望的是他自己能快乐。

我对自己说，不要再操心了。要接受朋友劝的劝告：“做一个母亲，只要能常常看见儿女，就是最大幸福了。”

“新女性”

我自幼受的是“三从四德”的旧教育。每读《女诫》里有关妇容、妇德的训词，教人“笑莫露齿，立莫摇裙。”对那位作者曹大家，虽然钦羡她是位伟大的才女，却对她的教训有点反感。

在城里念女子师范的四姑回乡下来，我问她有没有读过《女诫》，她头摇得拨浪鼓似地说：“我才不读那种落伍的、压抑女性的书呢。如今是文明时代，我们要做新女性呀！”

我听得一愣一愣的，“新女性”三个字第一次进入我的脑筋。看四姑早已剪去长发，小脚也放大了，穿的黑色半高跟皮鞋，走起路来咯咯咯好神气。可是她看书总是躺在床上，坐没坐相、吃没吃相，哪能跟她端方、勤劳、说话柔声细气的嫂嫂比呢？我悄悄地问母亲：“妈妈，四姑说她自己是新女性哩，您觉得呢？”母亲有点不解地问：“什么叫新女性呀？”我说：“新女性就是脑筋很新的意思。一切都要跟男孩子平等。”母亲笑嘻嘻地说：“她讲究的就是自由自在吧！所以她就躺着看书，歪着身子吃饭了。不过一个姑娘家总得有姑娘家的味道，将来出了嫁也有做媳妇该有的本分。男孩子一样要尽本分呀，这才叫平等嘛。”我觉得母亲讲得蛮有道理的。

后来我也进了女子中学，那时“男女平等”“男女平权”的口号已高唱入云。训导主任对我们说：“男女是应当平等的，但女孩子第一要培植自己的学识才能，训练独立的思考力，要自爱、自重。将来无论是做家庭主妇或职业妇女，都能和男生一样贡献心力，这才是真正的男女平等，才能争取女权。”

我把老师的话转述给母亲听，她听到“女权”二字，高兴地把拳头一伸说：“我也有女‘拳’呀！我一天忙到晚，一双手使力多，拳头越来越粗壮。若不是我一双手照顾家务、做菜做饭，你们能吃得这么舒服吗？一年下来能积蓄这么多钱吗？”

听得我很感动，就写信告诉远在北京的父亲。父亲来信说：“汝母之言是也。汝尤当努力进德修业，期将来出人头地，为女性争光。”父亲每回都是“汝母、汝母”的，连写信都摆起面孔，对母亲没有一句温柔的关怀问候，我觉得他们俩才是男女不平等呢。幸亏母亲很得意自己的双拳壮健，把家务一肩挑，母亲岂不就是独立的新女性呢？父亲要我出人头地，为女性争光。在我心目中，坚强勤奋又慈爱宽大的母亲，已经为女性争光了。想到这一点，我倒是感到心中很安慰。

我大学念的是中文系，恩师常启迪我说："女性在文学上当充分发挥温柔敦厚的美德。柔能克刚，尤可增进人间祥和气象。何况造物赋予人类的心性德行，原是无分男女，一样完整的，只看你是否能把握这份天赋，予以发扬光大了。"

恩师的诲谕，时时在心。生为女性，从不敢妄自菲薄。相信文学无分男女；无分新旧。但愿把握真善美的原则，率性而写，写出言之有物的作品。记得多年前读过印度奈都夫人的诗，她以全部心魂写祖国的风土人情，感人肺腑，连甘地都因读她的诗篇而引发政治灵感，领导印度和平革命获得独立。像奈都夫人的诗篇，真可称得是新女性文学的典范。更值得钦敬的是她谦和礼让，她一边握笔，一边照样的相夫教子，治理家务。

今日社会形态变迁快速，文学创作的内容与风格，日新月异。但新与旧原是一脉相承的。有如一棵树，由根茎吸收大地的营养，由枝叶接受雨露阳光。才能欣欣向荣，日新又新。可见得没有传统，何来现代？

生在今日开放的社会，一个从事文学写作的女性，尤当于旧传统的女性美德中，体会出高尚的人生境界。作品必须言之有物，不写无病呻吟的风花雪月，不写哗众取宠的色情暴力。

把握着真善美的原则，写出真正的新女性文学。

近年来，各地的女性文学创作繁花似锦，各具风格。可是弱水三千，我只取一瓢饮。我仍以个人的文学尺度，在阅读上有严格的取舍。我不免对好友们自嘲地说，我，是个新时代的旧女性。我的作品，当然够不上被称为“新女性文学”了。

天下无不是的“子女”

当我在十月二十八日读到台湾中华副刊《一个女儿的心声》一文时，不是“感触良深”，而是心情非常激动。我吃惊的是，世间真有如此不谅解子女到不近人情地步的父母吗？我相信主编先生刊出这篇文章，并不意味着“子女的痛苦，罪在父母”，他只是希望为人父母者，要多多反省，正如为人子女者，也要多多反省。

我并不怀疑该文所说的真实性，我也不应该怀疑。可是我是如何热切地希望，“莫愁”的父母，也能写一封致主编的信，表白一下自己的心情，和读后的感想。可惜写文章的是女儿，沉默的是父母。于是就变成了“万方有罪，罪在父母”了。这能说是公平的吗？

今天（十一月六日）读到杨小云女士的《多要求自己》一文，对这个可怜的女孩提出三点指示，实在是非常中肯、剀切的肺腑之言，使我非常感动，可以说她已替许多父母说出心里想说的话了。尤其是第三点："天下事都是有因有果。"她问莫愁，为什么小时候把她当掌上小公主般呵护，长大了百般辱骂？她可曾反省过呢？人心是肉做的，父母的心尤其与子女息息相关，为什么父母会对她如此反感，能没一点理由吗？杨女士又问她有没有"勇于责人、宽于律已"？问得真好。莫愁能写一手情文并茂的好文章，想来应当是通情达理之人，但她能在校中得人人喜爱，为何就不能得父母欢心？即使是养父母，也不至有如此深的成见吧。我知道杨女士是一位小说名家，一位年轻的慈母，她过去的工作又使她最最了解青少年心态，她的话是最最公平、中肯不过的。

就拿我个人来说吧，我是一个孩子的母亲，我的孩子并不古怪，他也有一颗善良的心，对这样一个孩子的启发与教养，应该没有什么困难。可是在他成长中，社会形态的急遽变迁，学校教育与老师求好心切的种种因素，给我们带来无穷的困扰与痛苦。加以专家学者们的种种理论，给孩子更多反抗父母的合理根据。他竟然在日记里写他是"备受父母冷落的寂寞孩子，父亲只知经商挣钱，母亲终日坐在牌桌上，三餐不管。"如果老师关怀访问家庭，也可真相大白，偏偏老师也漠不关怀，无暇及此。我在偶然的机会中看到日记，虽然又气又吃惊，但也原谅孩子，他是为自己的反抗找理由。仔细想想，岂不都是“父母应该做子女的朋友”那类文章给他的启发而编出来的理由。

那时我的儿子时常通宵不归，我就终宵坐等他回来，不敢锁门，为的是怕他打不开门而有“父母拒绝他”的感觉。他在外面交女朋友，三五成群出没在街头巷尾，我生怕他们出事，深夜打了手电筒在巷子里寻找，希望他游倦归来，可是不见人影。第二天，他写张条子告诉我：“昨天你在巷子里找时，我就和女友躲在附近一辆校车里。”他是有意的捉弄我、气我。为了他是我儿子，他在成长的不安定心态中，我一切都原谅了。他祸愈闯愈大，跳墙跌断了腿，爬回家来，夜深按铃，我和他父亲送他去私人诊所急救。我默祷他的平安，也默祷他从此悔悟，因为他毕竟在遇到困难时回来找父母了。可是他的骨折治好了，手臂还挂着绷带就又出去找“朋友”。第二次，被人砍了三刀，颈部几及要害，菩萨保佑他没有送命，又在血泊中爬了回来，再一次的送院急救。他的每一滴血都滴在我的心上，我欲哭无泪，只要他没死，我就很感谢上苍了。总算他又平安度过这场大劫。我和他父亲，总希望他从大劫中省悟过来，可是他没有，他的理由是“家”太寂寞，他爱交朋友。我们想尽方法接纳他的朋友，可是他不接纳我们，这就是学理上所谓的“代沟”强调的结果。

今天我也读了羊牧先生的文章，他说：“衣食无忧的孩子不一定快乐，他们需要的是被接纳、被了解、被爱、被尊重。”他说的不错。可是我，至少像我这样一个还算知识分子的母亲，一个全心全意疼爱儿子的母亲，真是百般地想接纳他、尊重他。因为我读过不少专家的理论，无论中外，一致强调“时代不同，父母要重视子女的独立人格，尊重他们，做他们的朋友。”羊牧先生说：“天下不再没有不是的父母。”我要痛心地呐喊：“天下已没有不是的子女。”真正是“万方有罪，罪在父母”啊！

今天的社会，物质生活与价值观念的改变，年轻的一代，已不再有什么伦理道德观念，要想他们“仰体亲心”，简直是痴人说梦。就像莫愁小姐那样“只顾聊天，当然忘了打电话”，但做父母的在家像热锅上蚂蚁，她可以无动于衷。我就是那样一个受尽煎熬的母亲。儿子深夜归来，我只要问他一句，他就认为是对他的谴责，父母是应当忍气吞声的。

羊牧先生由于受理各种不同的案件，他的头脑是非常客观的，他的分析当然有道理，他说：“愿意相信莫愁的父母是爱她的。”我是绝对相信他们是爱她的，不但爱，而且非常的焦急与痛苦。我不是专家，我没那许多理论，我只是以一个痛苦的母亲过来人的心去推想，莫愁父母真会如此不近情理地责骂女儿吗？我真想去看看他们，问个明白，若真如此，那真是不可原谅的父母。羊牧先生劝他们不要一天到晚和并不存在的假想敌作战，我则要劝莫愁，也不要心中把父母亲看成假想敌。

大众传播媒体的好处，是文字公之于世，引起普遍的注意与讨论，但总得有一个给对方辩白的机会，真相才可大白。如果做子女的能言善道，文章刊出来，博得社会大众的同情；可是父母亲也许还蒙在鼓里，在家里空着急。这岂是解决父母子女间问题的方法呢？

以莫愁这样一个聪明乖巧，人见人爱，又写得一手好文章的孩子，要博得父母的欢心不见得不可能。有如此可爱女儿的父母，尤不当不爱她。这个结，总可以解得开。主要的是，双方应处之以诚，而社会的反应尤当客观公平，由“一面之词”而获得“两面之词”，才能公平。

就拿我的儿子来说，我现在把他当个嘉宾，当个朋友，他出门一年半载不来信，来信不是有困难就是要金钱接济。我的心情是“说什么他是我儿子”，总是我教子无方，不能怨社会风气，也不能怪专家学者的理论一面倒。从坏处想：“儿女是债，无债不来。”从好处想，他能在困难时想到父母，就是一片“孝心”，我能不心甘情愿地为他解决困难吗？至少他多次的大难不死，我也得要他懂得珍惜生命啊！尽管他从来没有接受过我的劝告！你说，天下有不是的父母吗？写到此，我的心在绞痛。

在心的绞痛中，在泪水盈眶中，我想起了一个短短的故事：

三个少年因犯过失被禁在监狱中。他们都很忏悔，甲说："出狱以后，真想买一部最好的车子，载父母亲到处玩儿。"乙说："出狱之后，一定买美味的东西，请父母亲吃，做好衣服给父母亲穿，好好听他们的训诲。"丙沉默了好久，才叹息一声说："我只愿父母亲有个好儿子。"

他是彻头彻尾的悔悟了。能得如此，做父母的为他担惊受苦也是值得的了。

倒是又想起一个美国笑话：

一个儿子写信给他老爸说："No mon（money的简写）No fun，Your Son."老爸给他回信："Too bad so sad，Your dad."

这位幽默的父亲，能如此云淡风轻地对付了问题，想来父子之间的感情，一定是可以畅通的吧。

想到此，我也可以破涕为笑了。

口粮饼干

在一家食品店里看到一种饼干，土土的包装，硬硬厚厚的片子，纸上印着“滋养口粮”四个字。我如获至宝似地买了两包。付钱的时候，老伴眯起眼睛看看价钱才五毛九，不屑地说：“买这种土里土气的便宜饼干做什么？有奶油椰子香味的多好吃！”我说：“你不懂。土饼干才好。含奶油的不宜老年人吃，带化学香料的更有碍健康。我就是爱这‘口粮’二字，充满了原始的乡村味。”

他摇摇头，认为我是个不可救药的“原始人”，不懂得享受现代文明之福。他又说：“一口气买两包，看你怎么吃得完？”我说：“你放心，吃不完可以捣碎了改做松饼。比任何甜得发腻的美国蛋糕好吃。这也是 Reclycle 呀！”好容易学到一个英文单词，就适时地应用起来，自觉得意非凡。

一到家，就迫不及待地拆开饼干纸包，抽一片尝尝，他好奇地问："怎么样？一定很难吃吧。"我得意地说："才好吃呢，有一股淡淡的清香。"他又摇摇头说："你是好恶拂人之性。要嘛，就是你饿了，饥者易为食也。"最近他潜心读古书，好喜欢抛文。

我边啃饼干边琅琅地念起包装纸上印的字："登山、行军、露营、防台，急难必备。""独特风味，老少咸宜。"真是越看越欢喜，越吃越滋味，在一旁的他却是越听越生气。

平心而论，饼干并没什么独特风味，但是比起我所尝过超级市场里五花八门的饼干来，真是清淡可口多了。尤其是那"口粮"二字，土气得可爱。因为它使我想起童年时代，母亲给我做的香脆麦饼。有趣的是，那时母亲也叫麦饼为"口粮"。她说："口粮是急难时救命的宝贝。我特地做来供菩萨后给你吃。保佑你长命百岁，小孩子不要多吃油油的馅儿饼、甜甜的豆沙饼，把嘴吃刁了，福也享尽了，不好。要多吃清淡的，清淡有清淡的味道。"我还吃不出清淡有什么味道，但母亲正正经经说的这句话倒是记住了。

后来父亲把我带到杭州，进中学读书。最疼我的马弁胡云皋，常常在口袋里摸出几个干干硬硬的饼给我说："这是行军吃的口粮，你带到学校去，肚子饿了就啃，越啃越有味。"我好喜欢，分给同学们都很爱吃。有一个同学却翘起鼻子说："什么味道嘛？哪像我姊夫从天津带来的奶油饼干好吃？”我生气地说：“什么稀奇？那种洋里洋气的饼干，急难时救不了命的。”我们还为此赌气，好几天彼此不理睬呢。

在上海念大学时，女生宿舍附近有一家北方饺子店，不远处又有个卖山东锅饼的小摊位，我们几个同学下课回来，饥肠辘辘时经过饺子店门口，锅贴的香味实在引诱人。但除非是考试后为了相互慰劳，才舍得进去合资饱餐一顿。平时总是在那小摊子上买一大块山东锅饼，配一包油炸花生米，回宿舍各人手捧一杯热开水，坐下来慢慢地啃，也觉得别有滋味。

直到如今，我愈来愈怀念当年那种简朴的学生生活，尤其怀念的是母亲为我做的“口粮麦饼”，才深深体会得她说的那句话：“要多吃清淡的，清淡有清淡的味道。”

因此那天看到口粮饼干，就像他乡遇故知似的亲切。一下子就爱上了它包装的朴实，口味的清淡。外出时带几片在手提袋里，饥饿时有救急之功。心理上也有一份安全感。吃口粮饼干有如与淡如水的君子相交，可以患难相依。

有一次我们外出时，他说：“怎么肚子有点饿呢？有什么吃的没有？”我一声不响，递给他一片口粮饼干。他边吃边赞美：“挺香的呢！”我笑笑说：“大概就是你所谓的饥者易为食吧。”这一回，他却由衷地说：“确实是清淡香脆，怪不得你喜欢。”

我又想起当年慈母说的话："清淡有清淡的味道。"

这也许就是母亲之所以能终一生都淡泊自甘吧！她老人家若能健在至今，尝到这种口粮饼干，一定会高兴地说："真好吃，很像我做的口粮麦饼呢。"

水是故乡甜

此次经欧洲来美，一路上喝得最多的是矿泉水。因为其他各种五颜六色的饮料，价钱既贵又不解渴。只有矿泉水，喝起来清清淡淡中略带苦涩，倒似乎别有滋味。欧洲人都喜欢喝矿泉水，据说对健康有益，尤其是意大利的矿泉水是出名的。看他们一个个红光满面，体魄壮健，是否矿泉水之功呢？

旅馆卧房小冰箱里，也摆有矿泉水，以便旅客随时取饮，价钱就不便宜了。我灵机一动，从行囊中取出钢精杯、锡兰红茶，和一把电匙；插上电，将矿泉水倾入杯中煮开，冲一杯锡兰红茶来喝，香香热热的，可说是旅途中最悠闲舒适的享受了。

外子说矿泉水其实就是山泉，如果泡的是冻顶乌龙，那就更有味道了。我一向不懂得品茶，在旅途疲劳中，能有一杯自己现泡的热红茶，已觉如仙品般的清香隽永了。

他啜着茶，就想起故乡四川的山泉来。那种山泉，随处都有，行路之人渴了就俯身双手从溪涧中捧起来喝个足，哪里像现在文明时代，一瓶瓶装起来卖钱呢！俗语说得好，“人穷志不穷，家穷水不穷”。这话我最听得进。因为我故乡家中的水就有三种，河水、井水、山水。山水是长工每天清早去溪边一桶桶挑来，倾在大水池中备饮食之用，洗涤多用河水。母亲为了长工挑水辛苦，叫聪明灵巧的小帮工，用一根根长竹竿，连接起来，从最靠近屋子的山边，引来极细小的一缕清泉，从厨房窗外把竹竿伸入，滴在一只小缸中。这才是涓涓滴滴的源头活水。一天接不了多少，母亲只舀来做供佛的净水，然后泡茶给父亲喝。“喝这样清的山水，又是供过佛的，保佑你长生不老。”母亲总是这么说的。那时泡的茶叶，除了家乡的明前茶、雨前茶之外，还有从杭州带回的龙井。父亲品着茶，常常说：“龙井茶，一定要虎跑水来泡才香、才地道。”母亲不以为然地说：“是哪里生长的人，就该喝哪里的水。要知道，水是故乡的甜哟。”母亲还说：“孩子们多喝点家乡的水，底子厚了，以后出门在外，才会承受得住异乡的水土。”

事实上，母亲也是非常爱喝虎跑水泡的龙井茶的。不过她居住杭州的时日不多，平时又很少外出，我们出去游玩，她常捧个大玻璃瓶给我说：“舀点虎跑水回来。”我马上接一句：“供佛后喝了长命百岁。”母亲高兴地笑了。

现在想起来，虎跑水才是真正的矿泉水。那时曾做过试验，装一碗满满的水，把铜元一个个慢慢丢进去，丢到十个铜元，碗口水面涨得圆鼓鼓的，水都不会溢出来。因为它含的矿物质多，比重很大。所以喝虎跑水一定是有益健康的。

父亲旅居杭州日久，非常喜欢喝虎跑水烹龙井茶，但喝着喝着，却又念念不忘故乡的明前、雨前茶和清冽的山泉。他也思念邻县雁荡山的茶、龙湫的水，真是“人情同于怀土兮，岂穷达而异心”。父亲晚年避乱返故乡，又得饮自己屋子后山直接引来的源头活水，原该是心满意足的，但他居魏阙而思江河，倒又怀念起杭州的龙井茶与虎跑水来。实在是因为当时第二故乡的杭州，正陷于日寇之故吧。

我们这回在欧洲，一路饮着异乡异土的矿泉水。行旅匆匆，连心情都变得麻木了。到了德国的不来梅，特地去探望数十年未晤面的亲戚。他兴奋地取出最上品的龙井茶款待我们，问他是台湾产品吗？他说是真正从杭州带出来的茶叶，是一位亲人离开大陆时带给他以慰他多年乡愁的。我本来不辨茶味，但那一盏龙井的清香，却是永远难忘。我们说起欧洲人喜欢喝矿泉水，他笑笑说，台湾阿里山、日月潭、苏澳的冷泉，不就是最好的天然矿泉水吗？

他这话，倒使我想起，早期台湾有一种小小玻璃瓶装的“弹珠汽水”。瓶口有一粒弹珠，用力一压，弹珠落下去，汽水就喷出来。味道淡淡的，不像后来的汽水那么甜得不解渴。我因为爱“弹珠汽水”这个名称，以及开瓶时把弹珠一压的那点儿情趣，所以很喜欢买来喝，他常笑我犯幼稚病。后来时代进步了，黑松汽水和各种饮料充斥市面，哪还找得到“弹珠汽水”的影儿呢？但我脑海中总时常盘旋着弹珠汽水瓶那副短短脖子的笨拙样子。尤其是早年在苏澳游玩时，喝的那一瓶。

台湾这许多年来，制茶技术越来越精进，无论是清茶、香片、龙井等，都是名闻遐迩。尤其是南投溪头的冻顶乌龙，更是无与伦比。旅居海外多年的侨胞，总不忘源源自台湾带出来各种名茶，自饮之外，更以分飨好友。尽管用以沏茶的水不是从故乡来的，但只要是故乡的茶叶，喝起来也会有一股淡淡的甜味吧。

有一次我们在友人家，她细心地问我们要喝哪一种茶，香片、龙井、乌龙都有，她是什么茶都喜欢。我想了半天，却问她：“你有没有矿泉水？”她大笑说：“你怎么这么特别？大家都喝热茶，你要喝什么矿泉水。”我只好说因为胃酸过多，不相宜喝茶。其实我是想起了在欧洲时喝的矿泉水，多少还有点故乡山泉的味道，不知美国的矿泉水是不是差不多的。而且我也想试试自己，能不能像母亲当年说的，喝过本乡本土的水，有了深厚的底子，就能承受异国的水土了。

美国人爱喝各种果汁，大概是减肥或特别注意健康的人才喝矿泉水吧？但不知超级市场那样大瓶大瓶的矿泉水，究竟是人工的还是天然的。如果是天然的，却又取自何处深山溪涧呢？实在令人怀疑。

说实在的，即使是真正天然矿泉水，饮啜起来，在感觉上，在心情上比起大陆故乡的水，和安居了三十多年第二故乡台湾的水，能一样的清冽甘美吗？

下雨天，真不好

我原是个非常喜欢下雨天的人。很多年前，就曾写过一篇小文："下雨天，真好。"怀念小时候雨天里许许多多好玩的事儿。如今已偌大年纪了，每逢下雨天，心头就溢漾起童年时的温馨欢乐。而且在下雨天，我读书与工作的效率也似乎比较地高。

我的书房后窗，紧邻一家眷舍，每逢下雨天，哗哗哗的牌声即起，杂以惊呼声、抱怨声，声声入耳。起初很厌烦这种噪音妨碍我工作情绪。渐渐地习以为常。觉得雨声与牌声相和，加上我自己家地下室蓄水池不时传来叮叮咚咚的滴水声，确实给人一分静定的感觉。我曾自嘲地作了两句打油词："幽斋何事最宜人？听水、听牌、听雨。"也算是附庸风雅的自我陶醉吧。

今年开春以来，天气有点反常。从农历春节直到现在，真个是“十日九风雨”。连打过雷以后，雨仍绵绵不断。按照气象预测该放晴的日子，太阳却只露一下脸就躲回去了。害得有权威的气象专家，都手足无措，没了主意。在气象预报时，都不便作十二分肯定的断语，而要保留地加上个“可能”或“希望”的口气，以免受到社会大众的责难。据说梅雨季还没来临呢！如果这个“非梅雨”再继续下去，就跟“梅雨季”连上了，那才真要感叹“今岁落花消息近，只愁风雨无凭准”了。

下了这么多日子的雨，连我这个“爱雨人”也不免要说一声：“下雨天，真不好”了。这岂不是“种了芭蕉，又怨芭蕉”的反复心理吗？想想做天公的，若要迎合下界凡人心理，该有多难？

其实呢，我一点儿也不腻烦下雨天，雨下得再久，我都不忍心抱怨。我之所以要说“下雨天，真不好”，还是因为想起小时候，雨天，带给大人们的种种困扰。

先说农家晒谷子吧，就希望一连几个大晴天，千万别下雨。好容易把一簟簟的谷子摆开来，用竹耙子耙得匀匀地，若忽然一阵大雨来临，那许多簟的谷子，千万双手都来不及收拨，就只好把簟子折过来一半，盖住谷子。可是雨一直不停，眼看谷子都渐渐湿透，一粒粒从篾簟边漂出来。我站在廊下愣愣地看，心里也有点着急，因为母亲直念：“菩萨保佑，雨不要再下了，不要再下了。”老长工阿荣伯就直叹气，却又不敢抱怨天，因为怨了天，只怕想要雨的时候，雨又不来了。谷子泡得那么湿，就只好堆在两边走廊上。每天早上只要一出太阳，就一箩箩挑到广场上晒，下午一听到雷声就赶紧收。有时乌云密布一阵，待把谷子都收进去了，忽又云开见日，似乎天老爷也喜欢和农夫们开个小玩笑，捉弄他们一下。在这样把谷子挑进挑出，收收拨拨的忙碌中，我这个淘气的小人儿，心里反而很兴奋，只是不敢说出来就是了。每回帮阿荣伯把谷子耙开来时，都要仰着脖子看看天色，再问：“阿荣伯，下半天会不会下雨呀？”阿荣伯很生气地说：“不要多嘴，去跟你妈妈念《太阳经》去。”又叹一口气说：“这样湿的谷子，一连晒十个日头都不会干。”偏偏地只要下一个阵雨，就会连下三天。谷子堆在廊下，就渐渐长霉菌了。霉菌是绿色的，包在谷子外面，像一粒粒的绿豆，阿荣伯就趴下去把它捡出来，否则就会越长越多。这件工作，我自然是最最喜欢的。就请来左邻右舍的小朋友，一起来捡霉菌。母亲却称它为“曲”，捡出来一钵钵的曲，母亲都舍不得扔掉，而要送给鸡鸭吃。她说曲就是酒料，是补的，鸡鸭吃了会多生蛋。

“捡曲”实在是件好玩的事，我们一大群孩子，在谷子堆里名正言顺地爬来爬去，比赛谁捡的曲最多。曲越多，捧给母亲和阿荣伯，他们越发愁，我们却越开心。觉得下雨天究竟是好玩的，因为谷子会多生曲呀！

至于父亲呢？他不像母亲那样关心谷子的事。他关心的是书。书要赶在三伏天太阳最猛烈的时候晒，可是三伏天偏偏又是阵雨最多的日子。父亲是个读书人，又在外面做官多年，对于农家“早晚看天色”的经验是没有的。所以一到要晒书的日子，就要问母亲或是阿荣伯，今天天气如何？母亲就得意地念起来：“早上云黄，大水满池塘。晚上云黄，没水煎糖。”意思是说，大清早太阳出来得太快，把云都照得黄黄的，反而会下雨。下半天太阳下山了，如果满天都是金黄的云，第二天一定是个大晴天，父亲就可以晒书了。

晒书可是件大事哟。篾簟要打扫得干干净净，地上有一丁点潮湿都不行。所以头天下过雨，第二天就不能晒书。要晴过一整天以后，大清早天上一丝儿云影都没有，热烘烘的太阳，都晒得水门汀和石板地烫得冒烟了，才能把书搬出来，一本本平铺在篾簟上。再压上一条条特制的木棍，以免被风吹动。晒一阵子，就要翻一面。在如炙的烈阳下，就是戴着笠帽，蹲起蹲下的，也是汗流如雨。这件辛苦的工作，哪里有站着一点不吃力地用竹耙耙谷子好玩！所以我总是尽量地躲开，能不被抓差最好。长工们一听说老爷要晒书了就头大。因为广场要他们打扫，竹簟要他们背出来摊开。搬书出来的事倒不归他们，因为他们不认得字，父亲怕他们会把卷数次序搞乱。可是万一下起阵雨来，却非他们腿长手快的不可。所以晒书的日子，长工们更怕下雨。他们边搬边问我父亲："老爷，这些都是什么书呀？您这样宝贝。"父亲说："都是经呀，有的是菩萨的经，有的是圣人的经。"他们不大相信地说："什么'金'呀，买不了田地，当不了饭吃，年年晒一通多麻烦！菩萨有灵，就该保佑晒书的日子不下雨才好。"说得父亲哈哈大笑。

长工们都认为阿荣伯和照顾花木的阿标叔都是半个"读书人"，常常拿起《三国演义》来一个字一个字地念，念不来的字跳过去，意思还是有一点点。所以总是怂恿阿荣伯和阿标叔多帮着晒书的事。父亲也确是信托勤恳负责的他们俩。他们照着我老师的指点，谨慎小心地把书一叠叠搬出铺开来。我呢？怕晒太阳，多半坐在廊下石鼓上，合掌念《太阳经》。念一卷，抬头看看天。只要一看见云层有点厚起来，云脚长毛了，就连声喊："要落雨啰，要落雨啰。"一种唯恐天下不乱的心理。大我四岁的二叔是个书背得很多，满腹经纶的"小先生"。晒书的时候，他倒是真有兴趣，在旁边走来走去。拿到什么书在手，他都会讲一点书里面的故事，或是写书人的来历，我们都听得津津有味。说到怕下雨，他忽然就朗朗背起苏东坡《喜雨亭记》

来。这是老师刚教过我的，我只记得几句："五日不雨可乎？曰，五日不雨则无麦。十日不雨可乎？曰，十日不雨，则无禾。无麦无禾，岁且荐饥……"父亲听见就笑嘻嘻地说："别念别念，雨要被你念来了。"二叔轻声地说："大哥是个四体不勤，五谷不分的读书人，所以只关心书，不关心稻谷。"我们都缩着脖子笑个不停。可是只要父亲一声令下："收书。"我们就赶紧全体动员，随着父亲和老师后面搬书。他们还要在书页里撒樟脑粉，书橱里摆樟脑丸。十几书橱的书，统统晒完要花好几天，真是又累又紧张，我心里宁愿下雨，就不要晒书了。

如今想起来，那么多的书，都不懂得要用功去读，等到想要读的时候，书已非我所有。大晴天晒书的情景，都只是追忆中的前尘影事了。

在我童年生活中，真真不希望下雨的只有一天，那就是我的生日，我的生日正是台风季节。平时一逢有台风，我就兴奋地问大人："大水什么时候才涨到我们家后门口呢？"只有我生日那天，我就要拜菩萨，保佑不要下雨。一下雨，母亲就不让我穿新衣服，唱《鼓儿词》的先生就不会来，小朋友们也不会来吃我的"长寿面"了。最糟的是老师只答应晴天才放我"生日假"，下雨天就照常上课。所以"晴天的生日"，对我是多么重要啊！可是我的生日，多半都在风雨中过去。想起母亲的愁风愁雨，是为了谷米的收成，为了牲畜的安全；而我的愁风愁雨，却是为自己的玩乐。

回首童稚无知岁月，老去情怀，于悲喜参半中，倒不如“也无风雨也无晴”，岂不更好呢？

看戏

朋友们常问我喜不喜欢看戏，我总是连声地说：“喜欢、喜欢。”他们指的是评剧，而我对评剧却完全外行，喜欢的是所有穿红着绿、吹吹打打的“戏”。我也并不会欣赏戏的艺术，而只是喜欢“看戏”这回事。

小时候，带我看戏最多的是外公和长工阿荣伯。阿荣伯背着长凳在前面走，外公牵着我的手在后面慢慢儿地荡，荡过镇上唯一热闹的一条街道，经过糖果店，我的手指指点点，喊着：“花生糖、桂花糕，我要。甘蔗、橘子我也要。”外公说：“好，统统要，统统要。”就统统给买了。到了庙里，阿荣伯把长凳摆在长廊的最好位置，用草绳扎在栏杆上，让外公和我坐，自己却站到天井里去看了。他说这样站近些，看得仔细。如果唱错了、动作错了，他好敲戏台板。比如有一次，他看到演戏的扬着马鞭，边走边唱，忽然背过脸去拉下胡子吐了口痰，却用靴子底去擦。他就敲着戏台板喊："老哥，你骑在马上，脚怎么伸到地板上来了。"这大概就是今天的喝倒彩吧。演戏的也毫不在乎，冲他笑一笑，继续拉着嗓子唱下去。

戏还没开锣以前，外公总叫我到大殿上向神像拜三拜，保佑我聪明长生。外公说这座神像就是大唐忠臣颜真卿。他坐的是上河乡的上殿。他的弟弟颜杲卿坐的是下河乡的下殿。（其实颜真卿、颜杲卿并非兄弟，也许因二人都是平安史之乱的名臣，所以乡人把他们结成了兄弟。）外公告诉我，因为上殿风水比较好，做弟弟的特别让给哥哥居住，哥哥心里很过意不去，所以过新年时，总是哥哥先去拜弟弟的年。因此正月初七迎神时，是上殿神先去下殿拜年，初八是下殿神来上殿回拜哥哥。我们乡里有句话："瞿溪没情理，阿哥拜阿弟。"外公还说颜氏兄弟幼年时，有一天在溪边玩，忽听鸣锣喝道，一位大官坐着轿子来了。他们知道大官是奸臣，就拾起溪里的石头扔他，刚刚扔在奸臣脸上，奸臣大怒，问是谁干的，兄弟俩都承认是自己干的，就把两人都关了三天三夜。外公说他们从小就有大无畏的精神，而且手足情深，叫我牢牢记住。这些故事，外公每年都要给我讲一遍，我怎么会不牢牢记住呢？

戏开锣以后，外公抽着旱烟看得入神，我坐在长凳上，荡着双脚，边啃甘蔗，边东张西望。把甘蔗渣扔到天井边，常常扔在人头上肩上，下雨天就扔在伞背上。外公轻轻拍我一下说：“姑娘家要斯斯文文的，老师是怎么教你的？”一想起要我背女诫的老师，就恨不得在戏院里待一辈子。

我家乡话称演戏的，不论男女，都叫“戏囡儿”，大概是供人取乐的意思。门帘一掀，“戏囡儿”出来了，看他的脸，我就知道是忠臣还是奸臣。额角正中央粉红色的，一定是忠臣。满脸雪白的，不是曹操就是司马懿。我家四姑粉搽得太白的时候，她母亲，就是我的五叔婆常骂她“司马懿造反”。鼻子上一团白，一定是坏人。五叔婆生气的时候，就埋怨“被那个白鼻子害得好苦”。也不知指的是谁。看见白鼻子我就问外公：“他怎么没被杀掉呢？”外公敲着旱烟筒慢条斯理地说：“还早得很呢，要等戏团圆（剧终）的时候才杀掉。”旁边的人说：“全靠他才有戏好看哩。”我向他白一眼，心里好不耐烦。只有花旦出来一扭一扭，手帕一甩一甩的，我才看得高兴。外公最最喜欢正旦，他叫她“当家旦”。“当家旦”到戏团圆的时候，一定戴上凤冠变成一品夫人。阿荣伯说：“吃尽了苦头，最后总会出头的，这叫做好心有好报。”我说：“妈妈将来也要当一品夫人。”外公笑了。看到关公出来，我就肃然起敬。阿荣伯说过，演关公走麦城这一出戏，后台一定要摆上香案，否则就会起火。据说有一次没有摆香案，前台一下子走出两个关公。

一个是显灵的真关公，一个是扮演的假关公，假关公睁开凤眼，看见对面也来了个关公，就吓昏倒了。因此我看这出戏的时候，只想看见两个关公一起走出来，心里又有点害怕，老是问后台摆了香案没有，听说摆了却又有点失望，因为不能看扮关公的“戏囡儿”昏倒了。

庙戏的戏台很小，四面临空。前后台都分不大清。他们穿衣服画脸，都从木栅门里看得清清楚楚。关公上台那么威风凛凛的神气，回到台下就跟人拳头打来打去，有说有笑。我好想去后台看热闹，外公不让，说小姑娘不许乱窜。外公说过一个笑话：关公的卫兵问周仓肚子饿了，在后台摘下胡子吃馄饨。关公喊：“周仓来呀！”周仓急急忙忙上台，忘了戴胡子，关公一看，拍了下桌子说：“回去叫你爸爸来。”周仓赶紧下去，戴了胡子再上来说：“周仓来也。”这个关公好聪明，笑得阿荣伯和周围的人群都露出黄黄的大门牙。

另一面的走廊最好的位置，总是杨乡长家搭的彩台，杨乡长的大女儿和她全家人高高地坐在台上。杨大姑娘比竹桥头阿菊还打扮得耀眼，电珠纽扣一闪一闪的，看得我好嫉妒，我仰脸问外公：“我们为什么不也搭个彩台？”外公说：“总共才那么点地方，都被彩台占了，那别人坐在哪里看？你看天井里还有那么多人站着呢！”可是我心里不服气，为什么杨乡长家就可以搭呢？为什么杨大姑娘就那么神气活现呢？为了看戏的事，我跟阿菊以后就不大理她了，她见了我们，也把脖子一扭，翘起鼻子走开了。

每回戏班子来，都是演两天，每天两场。包银看戏班子性质决定。京班、昆班比较贵，高腔班、乱弹班比较便宜，钱都由邻里长挨家挨户的来收，大户人家为了表现气派，也有多给点的。在我记忆中，正月初七、二月初一的戏班最好，因为是闲月，看的人多。其他清明、端午是请瞎子先生唱词的多。唱全本白蛇传时也很热闹。戏台柱子上盘着黑白两条纸糊的蛇。瞎子先生衣冠楚楚，斯斯文文，很有学问的样子，台下听的人都是年纪比较大的，鸦雀无声。外公每回去听，我都跟去兜一圈，吃饱了糖果就回来了。母亲喜欢听唱词，听二度梅里陈杏元和番，听得泪眼婆娑的。这时候，我问她要铜板买桂花糖吃，她数也不数就给我一大把说："去去去。"戏班子呢，母亲喜欢看乱弹班，唱的好像就是我们家乡调，嗓门儿一会儿高，一会儿低，尾音拉得好长，老像在哭哭啼啼。有一次是难得请到的绍兴班，演全本珍珠塔、借花灯，母亲和五叔婆，把长工的饭菜快速地赶做好，就双双迈着小脚去看戏了。看完回来，母亲把故事讲了又讲，五叔婆就咿咿呀呀地唱，两个人要高兴好多天。

散戏以后，演员们都要到我家大宅子来逛，那时，潘宅大院是有名的。他们一转过我们家前门的青石大屏风，从大门进来，我就兴奋地喊："妈妈，外公，戏囡儿来了，戏囡儿来了。"母亲叫我不要当面这样喊他们，会生气的。有几个人，脸上的粉墨都没完全洗干净，我认得出来是扮什么人物的，就指着他们说："你是白鼻子，你是奸臣。"戏囡儿笑笑说："不要紧的，在台上当奸臣，在台下当忠臣就好了。"阿荣伯说："可不是，都扮忠臣，谁扮奸臣呢？"外公摸着胡子说："戏里的好人坏人是让我们看得清清楚楚的，真正的好人坏人就不一定看得出来啰。"阿荣伯点点头，他们说得一本正经地，我就不大懂了。

父亲回到家乡的第一年中秋节演戏，乡长毕恭毕敬地把书码子捧来请父亲点戏。父亲说："在北平名角儿的戏都看得那么多，这种戏班子有什么看头？"可是乡长说父亲是大乡绅，一定要赏个面子，又说这是特地为欢迎父亲回乡，请来的最好京班，父亲这才慢吞吞地翻着本子，点了出空城计。我一听说是戴长胡子的老生戏，就吵着要看花旦，父亲再点一出"宝蟾送酒"，还特别为外公和母亲点了出"投军别窑"。四姑在旁边抽着鼻子说："都是老人戏，只有一出'宝蟾送酒'好看。"我说："乡长一定买了好多好吃的请爸爸，不管什么戏，我都要去看。"

一到庙里，就看见正殿偏右搭了高高的一座彩台，台上一字儿排着靠背藤椅，原来是杨乡长特地为父亲搭的。殿柱上还贴了一张红纸字条，写着“潘宅大老爷贵座”几个大字，外公看了只是抿着嘴笑，我问：“我是不是可以坐上去呢？”阿荣伯说：“当然可以，你是潘宅大小姐，本来就比别人高一个头。”我又问：“是不是比杨乡长的女儿还高？”阿荣伯说：“可不是。”外公说：“我看你就别跟人比高低，还是和外公坐在台下平地上，要什么时候走就走，自在多了，高高地供在上面，有什么好的。”可是我一想起杨大姑娘每回坐在高台上的神气样子，就非要坐一次不可。况且父亲给我从外路带来了胸前有闪亮牡丹花的水绿旗袍，我为什么不穿起来亮一亮相呢？我一定要叫杨大姑娘大吃一惊。

戏还没有开锣，台上忽然把一张有绣花红椅披的椅子高高搁在桌子上，椅子当中竖一块黑色牌子，用白水粉写着：“潘宅大老爷、太太、小姐加福加寿。”哈，连我这小不点都上了谱了，这一得意真非同小可，不一会就出来戴白面具的加官，用朝笏比画了一阵，取来缎轴一抖，亮出“国泰民安”四个金字，再一抖，便是“富贵寿考”四个字。他进去以后，又出来一个戴凤冠霞帔的，再扭上半天。阿荣伯说这是给太太小姐敬礼的。最后一个家童打扮的，一手拿一张红帖，一手捏着三个亮晃晃的洋钱，向我们的高台一个纳福，表示谢赏。原来父亲早已叫阿荣伯把红包送过去了。我真是快乐得飘飘然，转脸看对面彩台上的杨大姑娘，她的座位是空的，不知什么时候，她已经走了。大概是因为比不过我，气得连戏都不看了。我再抬头望母亲，她一直用手帕擦着脸，很不安也很疲倦的样子。我问：“妈妈，你怎么啦？”她忽然站起身来说：“你们看吧，我还有菜没烧好，家里客人多。”她就悄悄地走了。四姑鼻子一抽一抽的，像是什么感觉都没有。这时看母亲走远了，忽然说了一句：“大嫂呀，她真不是人间富贵花。”她念了几年师范，说话就那么文绉绉的，说我母亲不是人间富贵花，究竟是赞美还是取笑呢？我又问：“那么四姑你是什么花呢？”她猛抽一下鼻子说：“我什么花都不是，我是我妈妈脸上的一个疤，她才那么讨厌我。”听了她的话，我扑哧一下笑出声来，忽然又替四姑很难过，就再也不忍心取笑她的抽鼻子毛病了。

“宝蟾送酒”的那个宝蟾，脸上粉搽得好厚，大嘴巴笑起来时，牙齿特别黄，声音又粗，实在是不好看，四姑和我都很失望。倒是她手里托着亮闪闪的银盘子，不时地用一个指头点着转起来，像变戏法似的，转得好快。看得还过瘾。空城计上场时，孔明摇着羽毛扇，穿着略微嫌长了点的八卦袍，在台上唱了好半天，又爬到布做的城墙上再唱，唱得我只想睡觉。一通锣鼓，司马懿出来了，我想起五叔婆说四姑的大白脸像“司马懿造反”，忍不住向她瞄了一眼。她脸黑黑的，一点脂粉没搽，穿一件蓝缎棉袄，是五叔公的长袍，五叔婆改了没穿，现在再改给她穿的。看去老老实实的样子，我反倒觉得自己金光闪闪的坐在她边上，有点不好意思了。

城楼上的孔明老唱个没完，我有点厌烦了。父亲却眯起眼睛仔仔细细地听，三个手指头在手心轮流点着打拍子，很赞赏的样子。还直夸“没想到这班子真行，唱得字正腔圆”。我却发现那个孔明像五叔，四姑也说像，外公说：“可不就是他，戏班子怕潘老爷听了不满意，五叔就去代唱，也好过过瘾。”我忍不住告诉父亲，父亲马上沉下脸说：“他若唱得这么好，也就有条路好走了。”第二天，五叔自己告诉父亲：“大哥，孔明是我扮的，大哥还满意吗？”父亲的脸拉得更长了，他说：“你呀，就只会唱唱戏，不三不四的。”母亲说：“你也别老这么说他，他倒是做什么像什么，人是聪明的。”父亲说：“聪明不走正路，有什么用？”可见父亲尽管看足了北平的名角，还是不把唱戏当作一条正路。五叔悄悄地跟我说：“大哥真怪，我昨天在戏台上，还看见他直点头呢，现在又骂我。”我说：“你穿起孔明的八卦衣，很有学问的样子，你为什么不索性去唱戏呢？”他瞪我一眼说：“那我也不干，堂堂潘宅大老爷的令弟，怎么好给人当‘戏囡儿’看待。”我真摸不清楚，他到底想干什么呢？母亲说父亲生他的气就是这一点。后来只要是好京班来，五叔就去客串，在我记忆中，他当过捉放曹里的陈宫，梅龙镇里的正德皇帝。小生也唱，当过白门楼里的吕布。母亲说他唱小生像小公鸡初试啼声，难听死了。他还当过三花脸——女起解里的崇老伯。他说别看白鼻子，白鼻子也有好人，就是崇老伯。最有趣的是他还反串丑旦，演晚娘虐待前妻儿女，拳打脚踢，像个武生，引得台下哄堂大笑。我后来想想，五叔如果一心学评剧，一定可以成为一个名角。他唱老生韵味十足，台风又好。可惜他一生就是这么游戏人间，做哪一样也不认真，以至潦倒终生，遗下妻儿，不知流浪何方。我每回想起他，心里总是好挂念、好难过。

十二岁到了杭州以后，才算正式看了京戏。那时杭州旗下城就只一家戏院共舞台，也是破破烂烂的，凡遇好戏班来时，共舞台老板就亲自送戏单来，问要订多少座位。父亲又会感慨地说：“当年在北平看那么多名角，现在还看什么？”说是说，还是订了座，而且时常点戏。我因念书，不能常常看，但看到海派机关布景戏，就闹着非看不可。在我印象中最深刻的是全本秦始皇，皇宫布景之堂皇，赵姬的那股妖媚与服饰之华丽，令我目眩神移。还有洛阳桥、花果山等戏，布景变化多端，连母亲都看得喜滋滋的。母亲尤其喜欢看青衣戏，三娘教子这出戏，她每回看每回泪流满面，我一听到那小孩说“高高举起，轻轻打下，打在儿身，痛在娘心”时，也就跟着哭。回来又学那小孩走台步。还有御碑亭中那一记雨地里滑跤，我对着镜子学了好久也学不会。

看戏之乐，还不只是听锣鼓喧哗，看穿红着绿走进走出的热闹。更开心的是没完没了地吃：采芝斋的芝麻片、核桃糖、到嘴就化的雪梨、刚出水的嫩红菱、藕片，随你吃多少。热腾腾喷香雪白的毛巾，不时从堂倌手中飞来。收票时两边过道两个人各伸手指对一下票数。我最怕收票，一到收票时就知道快要落幕回家，我心中总有一股酒阑人散的空茫之感。

有一次，梅兰芳来了，是他欧游得了博士以后，那种轰动不用说了。因共舞台太旧太小，场地特别改在新建的华联电影院。共演四天，是红线盗盒、四郎探母、贩马计和霸王别姬。我正赶上月考，干脆带了书在戏院里边啃边看。霸王金少山声震屋瓦地唱着，我可以充耳不闻。虞姬一出场，我就贪婪地睁大眼睛，眨都舍不得眨一下。那一段“夜深沉”的舞剑身段，和背过身子含悲饮泣的表情，确实是世上无双。自我长大到今天偌大年纪，也看过不少霸王别姬，好像就没有一次这么叫人感动的。第二天考题填充有“哥伦布发现新大陆是哪一年？”

我马上填上“一四九二”。因我头一晚看梅兰芳伏剑自刎，边背外国史边默记一下“一死救尔”就是“一四九二”。演红线盗盒与坐宫时，梅兰芳“粉腕”上的那只碧绿翡翠镯子，引得四姑和我都看呆了，四姑直问：“你猜那只镯子是真的还是假的？”母亲说：“戴在梅兰芳手上还有假的？”父亲说：“是假的，真的戴在他太太手上。”我一听好失望，为什么梅兰芳是个男人？看他谢幕时袅袅婷婷地蹲下去向观众纳福，明明是个大美人儿嘛。可是那几天，旗下城所有相馆橱窗中都摆着他和太太福芝芳的放大照片。梅太太打扮得朴素大方，梅博士长袍马褂，又明明是个潇洒的男人。

我也有两张梅兰芳的照片，一张穿西装，一张是宝莲灯的剧照。他刚到那天，来我家拜客。黑色的轿车在大门口停下来，我正背了书包要上学，听说梅兰芳来了，我就退在门边看他下车。老妈子正端了个白磁马桶想从边门出去，又忙着赶回大门边来看，马桶还捧在手里，几乎跟穿长袍马褂的梅博士撞个正着，我不禁捂着嘴笑弯了腰。忽然想起那两张照片，正好请他签名，连上学迟到也不顾，就飞奔上楼找照片，慌忙中怎么也找不到，只看见电影明星胡蝶和徐来的照片，抽屉翻得乱七八糟，被母亲训了一顿，也不许我钻在门背后看梅兰芳，只得失魂落魄地上学去了。在那个时候，觉得失去那样千载难逢的机会，是一生的遗憾似的。长大以后，经过的事情太多，失去的各种各样的机会也太多，就把一切都看得淡淡然了。

抗战期间，我一个人在上海求学，寄住在一位要好同学家中，同学的母亲是位评剧行家。她几次三番要带我去听戏（她总是说“听戏”不说“看戏”）。我却对任何名票都毫无兴趣。勉勉强强去看了一次全本四郎探母，坐在热闹的戏院里，一颗心却是飘飘荡荡、凄凄冷冷的，只是怀念着家乡的庙戏、杭州的机关布景戏。那分温暖、那分欢乐，不会再有。故乡因战事音书阻绝，在故乡的母亲白发日增，却离我好远好远，想起外公和阿荣伯敲着旱烟筒给我讲孟丽君、唱戏词儿，真正成了一场梦。

同学的二姊三妹都是戏迷，每周六都有人来家中吊嗓子。二姊夫妻搭档票戏，演贺后骂殿，丈夫去“昏君”，三妹悄悄地跟我说：“我二姊夫确实是个昏君，我真替二姊担心。”我不懂这话是什么意思，寄居他人家中，万事都不愿多问。后来同学告诉我，二姊夫大模大样地跟别的女人票甘露寺，他演的是乔国老，却爱上了孙尚香。家庭因此大起风波。二姊变成一个非常不快乐的人，永不再票戏了。她的三妹只小学毕业，就没好好上学，跟一个唱小生的有妇之夫因常配戏而日久生情。他们来往的情书，她都大方地拿给她姊姊和我看，原来都是七字一句的戏词儿。男的还引了两句古人的诗：“薄命如卿甘作妾，伤心恨我未成名。”老母知道后，气得重重打了她一顿，却仍阻止不了如火如荼的爱情，终于背母私奔了。半年以后，她给她母亲写了封信，我也看了，词儿到今天都记得：“流清泪，禀娘亲，个乃郎是痴心汉，女儿岂做无情负义人。若得大娘宽宏量，不论正来不论偏。一心等他功名就，双双回得家门再拜老娘亲。”有板有眼，标准的戏词儿。若是配上反二黄或二六之类的调子，唱起来一定荡气回肠。她母亲一边看一边咒骂，骂一阵又哭一阵。最后还是把揉成一团的信纸抖开，折得好好的，套回信封，锁在抽屉里，时常取出来看看哭哭骂骂，却是十二分爱惜的样子。我在想中国的地方戏文或评剧忠孝节义情节，能把一个没有受过高等教育的人，教成知书识礼，但也会让人走火入魔。像这个同学的妹妹，就是一个例子。

在上海四年，只听过一次荀慧生的红娘。印象中，觉得他的四平调婉转多姿，身背后一朵大大的水红绸蝴蝶抖得好可爱。后来陪一位长辈住医院，隔壁病房正巧是荀慧生。那位长辈是四大名旦迷，在阳台与餐厅里，老是盯着荀慧生看，看他形容憔悴，全不是当年粉墨登场，红氍毹上婀娜多姿的神态，她感慨万千地叹息：“荀慧生老了，好可惜，他怎么也老了。”说了好几遍，仿佛荀慧生都会老，她自己老去就无足惋惜了。

来台湾初期，因为这位长辈喜欢看戏，我陪她看了不少次越剧。坐在狭窄嘈杂的戏院里，尽管耳中充满丝竹之音，剧情与戏词也都熟悉，却总引不起兴致。呆呆地坐着只为陪长辈。她叹气我跟着叹，她笑我也跟着笑。心情闲闲的，想的都是些陈年旧事。尤其想起在杭州时一位专照顾我的金妈就是嵊县（今嵊州市）人，她会唱很好的越剧。夏天的夜晚，她陪我在西湖边乘凉，坐在长凳上她就唱。唱到“方玉娘祭塔”中“夫妻本是同林鸟，大难临头各自飞”的几句时，便眼泪滚滚而下，她唱的声音好美好凄凉。母亲告诉我她原本是唱越剧的，因不容于婆婆才出来做工，丈夫也不理她了。她平时总是泪眼婆娑的时候居多，父亲说她有沙眼，不久她就负气走了。走以前，她一句句教我唱梁祝的“楼台会”，好让我一直记得她。如今我每次一哼，就会想起与金妈在西湖边乘凉的情景，我已非青鬓年少，金妈想早已不在人间了。

不久永乐戏院就有顾正秋的戏，长辈常要我陪去听戏。有一次看全本董小宛。演到冒辟疆进宫之时，董小宛从多情的顺治帝怀中，又哭倒在魂牵梦萦的冒辟疆怀中，左右为难。长辈就哭得抽抽噎噎的，手帕湿透了，把我的拿去再哭。我却总掉不出眼泪来，也许心情已老，对所谓的爱情，已经无动于衷了。想想长辈也许是为剧中人而哭，也许是为想起当年在北平的荣华岁月，如今物换星移而哭。总之，一个人能借着眼泪散发一下内心的感触或郁闷总是好的。怕的是忧患备尝以后，存亡见惯，连眼泪都枯涸了。

相依多年的唯一长辈逝世以后，想想她一生绚烂，终趋寂灭，我的心情也似乎随之同归寂灭，即使坐在闹哄哄的戏院里，总有一分“笙歌归院落，灯火下楼台”的曲终人散之感，所以就宁愿不去看戏了。

自从电视有评剧与地方戏的播演以来，我总是尽可能地收看。尤其是歌仔戏，我反而特别喜爱，因为他们的服装，他们的一举手一投足，都逗引我深深地怀念故乡，怀念偎依在外公、母亲或阿荣伯的身边看庙戏的好日子。尽管我一个人静悄悄地坐在屋子里，四周没有熙攘的人群，没有高高的彩台，没有四姑或阿菊。但他们都随同荧光幕的彩色，在我眼中、心中浮动、旋转。有时，一个小动作会使我莞尔而笑，因为那都像是童年时代最熟知的情景。也都是外公、母亲、阿荣伯最津津乐道的忠孝节义故事。外公曾经对五叔说过这样的话：“做人一世，也就是演戏。一上了台，就要认认真真把戏演好，由不得自己偷工减料的。”在我心中，外公是位哲学家。

我常常想，如果外公、母亲、阿荣伯如今都健在的话，该多么好？但长辈总要故去，戏总有落幕的一刻。因此，我看戏时，也能保持一分轻松愉快的心情了。

桂花卤·桂花茶

家乡老屋的前后大院落里，最多的是桂花树。一到八九月桂花盛开的季节，那岂止是香闻十里，简直是整个村庄都香喷喷的呢。古人说："金风送爽，玉露生香。"小时候老师问我怎么解释，我就信口地说，"桂花是黄色的，秋天里，桂花把风都染成黄色了，所以叫做金风。滴在桂花上的露珠，当然是香的，所以叫玉露生香。"老师点头认为我胡诌得颇有道理哩。

母亲却能把这种桂花香保存起来，慢慢儿地享受，那就是她做的桂花卤、桂花茶。

桂花有银桂、金桂二种，银桂又名木樨，是一年到头月月开的，所以也称月月桂。花是淡黄色的，开得稀稀落落的几撮，深藏绿叶之中，散发着淡淡的清香，似有若无。老屋正厅庭院中与书房窗外各有一株。父亲于诵经吟诗之后，总喜欢命我端把藤椅坐在走廊上，闻闻木樨的清香，说是有清心醒脾之功。

所以银桂的香味在我心中留下特别深刻的印象。在台北时，附近巷子里有一家院墙里有一株，轻风送来香味时，就会逗起我思念故乡与亲人。

与银桂完全不同的是金桂，开的季节却是中秋前后。金黄色的花，成串成球，非常茂密，与深绿色的叶子相映照，显得很壮观。但是开得快，谢得也快。一大阵秋雨，就纷纷零落了。母亲不像父亲那样，她可没空闲端把椅子坐下来闻桂花香，她关心的是金桂何时盛开，潇潇秋雨，何时将至。母亲称之为秋霖，总要抢在秋霖之前摇下来才新鲜。因为一被雨水霖过，花香就消失了。不像银桂，雨打也不容易零落，次日太阳一照，香气又恢复了。所以父亲说木樨是坚忍的君子，耐得起风雨，金桂是赶热闹的小人，早盛早衰。母亲却不愿委屈金桂，她说银桂是给你闻的，金桂是给你吃的，不是一样的好吗？什么君子小人的？！

摇桂花对母亲和我来说，是件大事，其忙碌盛况就跟谷子收成一般。摇桂花那一天，必须天空晴朗，保证不会下雨。一大早，母亲就在最茂盛的桂花树上，折下二枝供在佛堂里与祖先神位前，那一分虔敬，就仿佛桂花在那一天就要成仙得道似的。

太阳出来晒一阵以后，长工就帮着把篾簟铺在桂花树下，团团围住。然后使力摇着树干，花儿就像落雨似地落在簟子上。我人矮小，力气又不够，又不许踩到簟子里，只有站在边上看；一阵风吹来，桂花就纷纷落在我头上、肩上，我就好开心。世上有这样可爱喷香的雨吗？父亲还做了首诗说“花雨缤纷入梦甜”。真的是到今天回味起来，都是甜的呢。

摇下来好多簟的桂花，先装在篓里。然后由母亲和我，还有我的小朋友们，一同把细叶子、细枝、花梗等拣去，拣净后看去一片金黄，然后在太阳下晒去水分。待半干时就用瓦钵装起来，一层糖（或蜂蜜），一层桂花，用木瓢压紧装满封好，放在阴凉处；一个月后，就是可取食的桂花卤了。过年做糕饼是绝对少不了它的，平常煮汤圆、糯米粥等，挑一点加入也清香提神。桂花卤是越陈越香的。

母亲又把最嫩的明前或雨前茶焙热，把去了水气半干的桂花和入，装在罐中封紧，茶叶的热气就把桂花烤干，香味完全吸收在茶叶中。这是母亲加工的做法，一般人家从我们家，讨了桂花就只将它拌入干的茶叶中，桂花香就不能被吸收，有的甚至烂了。可见什么东西都得花心思，有窍门的。剩下的，母亲就用作枕头心子，那真合了诗人说的“香枕”了。

母亲日常生活，十二分简朴，唯有泡起桂花茶叶来，是一点不节省的。她每天在最忙碌之时，都要先用滚水沏一杯浓浓的桂花茶，放在灶头，边做事边闻香味，到她喝茶时，水已微凉了。她一天要泡两次桂花茶，喝四杯。她说桂花茶补心肺，菊花茶清肝明目，各有好处。她还边喝边唱："桂花经，补我心，我心清时万事兴。万事兴，虔心拜佛一卷经。"喝过的茶叶，她都倒在桂花树下，说是让花叶都归根。母亲真是通晓大自然道理的"科学家"呢。

杭州有个名胜区叫满觉陇，盛产桂花。八九月间，桂花盛开时，也正是栗子成熟季节。栗树就在桂树林中，所以栗子也有桂花香味。我们秋季旅行时，在桂花林中的摊位上坐下来，只要几枚铜板，就可买一碗热烫烫的西湖白莲藕粉煮的桂花栗子羹。那嫩栗到嘴便化，真是到今天都感到齿颊留芳。林中桂花满地，踩上去像踩在丝绒地毯上。母亲说西方极乐世界有"玻璃琉璃，金沙铺地"。我想那金沙哪有桂花的软，桂花的香呢？

故乡的桂花，母亲的桂花卤、桂花茶，如今都只能于梦寐中寻求了。

粽子里的乡愁

异乡客地，愈是没有年节的气氛，愈是怀念旧时代的年节情景。

端阳是个大节，也是母亲大忙特忙、大显身手的好时光。想起她灵活的双手，裹着四角玲珑的粽子，就好像马上闻到那股子粽香了。

母亲包的粽子，种类很多。莲子红枣粽只包少许几个，是专为供佛的素粽。荤的豆沙粽、猪肉粽、火腿粽可以供祖先，供过以后称之为“子孙粽”。吃了将会保佑后代儿孙绵延。包得最多的是红豆粽、白米粽和灰汤粽。一家人享受以外，还要布施乞丐。母亲总是为乞丐大量地准备一批，美其名曰“富贵粽”。

我最喜欢吃的是灰汤粽。那是用早稻草烧成灰，铺在白布上，拿开水一冲，滴下的热汤呈深褐色，内含大量的碱。把包好的白米粽浸泡灰汤中一段时间（大约一夜晚吧），提出来煮熟，就是浅咖啡色带碱味的灰汤粽。那股子特别的清香，是其他粽子所不及的。我一口气可以吃两个，因为灰汤粽不但不碍胃，反而有帮助消化之功。过节时若吃得过饱，母亲就用灰汤粽焙成灰，叫我用开水送服，胃就舒服了。完全是自然食物的自然治疗法。母亲常说我是从灰汤粽里长大的。几十年来，一想起灰汤粽的香味，就神往童年与故乡的快乐时光。但在今天到哪里去找早稻草烧出灰来冲灰汤呢？

端午节那天，乞丐一早就来讨粽子。真个是门庭若市。我帮着长工阿荣提着富贵粽，一个个地分。忙得不亦乐乎。乞丐常高声地喊："太太，高升点（意谓多给点）。明里去了暗里来，积福积德，保佑你大富大贵啊！"母亲总是从厨房里出来，连声说："大家有福，大家有福。"

乞丐去后，我问母亲："他们讨饭吃，有什么福呢？"母亲正色道："不要这样讲。谁能保证一生一世享福？谁又能保证下一世有福还是没福。福是要靠自己修的。时时刻刻要存好心，要惜福最要紧。他们做乞丐的，并不是一个个都是好吃懒做的，有的是一时做错了事，败了家业。有的是上一代没积福，害了他们。你看那些孩子，跟着爹娘日晒夜露地讨饭，他们做错了什么，有什么罪过呢？"

母亲的话，在我心头重重地敲了一下。因而每回看到乞丐们背上背的婴儿，小脑袋晃来晃去，在太阳里晒着，雨里淋着，心里就有说不出的难过。当我把粽子递给小乞丐时，他们伸出黑漆漆的双手接过去，嘴里说着："谢谢你啊！"眼睛睁得大大的，看我一身的新衣服。他们有许多都和我差不多年纪，差不多高矮。我就会想，他们为什么当乞丐，我为什么住这样大房子，有好东西吃，有书读？想想妈妈说的，谁能保证一生一世享福，心里就害怕起来。

有一回，一个小女孩悄声对我说："再给我一个粽子吧。我阿婆有病走不动，我带回去给她吃。"我连忙给她一个大大的灰汤粽。她又说："灰汤粽是咬食的（帮助消化），我们没有什么肉吃呀。"我听了很难过，就去厨房里拿一个肉粽给她，她没有等我，已经走得很远了。我追上去把粽子给她。我说："你有阿婆，我没有阿婆了。"她看了我半晌说："我也没有阿婆，是我后娘叫我这么说的。"我吃惊地问："你后娘？"她说："是啊！她常常打我，用手指甲掐我，你看我手上脚上都有紫印。"

听了她的话，我眼泪马上流出来了，我再也不嫌她脏，拉着她的手说："你不要讨饭了，我求妈妈收留你，你帮我们做事，我们一同玩，我教你认字。"她静静地看着我，摇摇头说："我没这个福分。"

她甩开我的手，很快地跑了。

我回来呆呆地想了好久，告诉母亲，母亲也呆呆地想了好久。叹口气说："我也不知道要怎样做才周全，世上苦命的人太多了。"

日月飞逝，那个讨粽子的小女孩，她一脸悲苦的神情，她一双吃惊的眼睛，和她坚决地快跑而逝的背影，时常浮现我心头，她小小年纪，是真的认命，还是更喜欢过乞讨的流浪生活。如果她仍在人间的话，也已是年逾七旬的老妪了。人世茫茫，她究竟活得怎样，活在哪里呢？

每年的端午节来临时，我很少吃粽子，更无从吃到清香的灰汤粽。母亲细致的手艺，和琐琐屑屑的事，都只能在不尽的怀念中追寻了。

过年

我家乡都称年夜饭为“分岁酒”，亦称“团圆饭”。合家团聚一堂，由爷爷奶奶带领着祭祖以后，从祖先含笑的肖像前，接来新的一年，接来压岁钱，再笑盈盈地将压岁钱分给随侍的子媳、绕膝的儿孙，在熊熊的烛光、袅袅的炉烟里，在哔哔拍拍的鞭炮声中，孩子们最兴奋的是打开沉甸甸红包的那一刻，因为那是过年的本钱。买糖果、爆竹、掷骰子，“开销”相当大。长工们辛苦了一年，也兑开亮晃晃的银元，大推其牌九。从大年夜撒开的玩到初五，那一份融融洽洽的欢乐，足足温暖你一整年。

乡间民风淳厚，本来就很少纷争。大年夜虽也有提着灯笼讨赌债的，到了年初，又都互喊着“恭喜发财”。所以，穷人们也不怕过年，他们说：“有谁过不了年的？有谁站在年底的？”这话也很“哲学”。光阴是最公平的。富翁长一岁，穷小子也长一岁，孩子都会长大，大人都会老。老人有人奉养尊敬，小孩子有人疼爱。农村社会父慈子孝的精神，在过年时尤其表现得浓烈。在忙碌工商业社会的今天，新年气氛日渐淡薄，尤不能令人怀念农村的过年。

我幼年时大部分在家乡，每年除夕，母亲总在我枕头下放一个又红又大的橘子、两颗荔枝。故乡“橘、吉”同音，“荔、利”同音，母亲连声地念“吉利吉利，大吉大利”。再有五颗带壳花生，母亲念着“五子登科”“长生不老”。年初一大早，观音佛母（母亲都是这样称呼的）前的净水一定要我喝，花瓶中的红茶花一定要我戴，说：“佛母保佑，女孩儿十八变，变个观音面。”我倒常常觉得，母亲跪在佛前虔诚祝告的神情，真有点像慈祥端庄的观音呢！

十几岁以后在杭州过年，习俗与故乡不一样。人也渐渐长大了，对于整天人来客往，端一下糖茶、莲子羹就走的虚套，对这个喊伯母、那个喊干娘的繁文缛节，已生厌倦之心。母亲又时常不在杭州，因此每到过年，就格外思念童年时故乡的年景。抗战开始的那年，父亲在大除夕祭祖以后还作了一首诗，记得其中四句是“一声爆竹连烽火，万里归心动暮笳。犹喜团圆开岁宴，差胜杜老赋无家。”可见他于欢慰中也很思念故乡。

在台湾度了二十六个新年。家家团聚，户户欢笑。我家虽仅三人，我每年总学母亲做几样家乡味，由一家之主的他，带领妻儿祭拜我们两家的祖先。慎终追远，我们都怀着最虔诚的心来遥远祝告。年夜饭后，一向比较严肃的他，也会和儿子掷骰子赌输赢。总是故意输光为止。今年是我们第一次没有一起过年。可是他给儿子的红包，早在上周从太平洋彼岸寄来。儿子紧捏着压岁钱，由衷地高喊着：“噢！爸爸真棒。”

故乡的农历新年

天寒岁暮，在异国风雪漫天的夜晚，既无围炉之乐，复少话旧之趣。扭开电视机，唱的都是些不入耳的洋腔洋调。真是老来情味减，只落得屈指数流年了。倒是想起在台北时，每年大除夕，各电视台都有精心制作的特别节目，影歌星济济一堂，团圆拜拜，恭喜新年，与哔哔拍拍的鞭炮声，烘托出一片喜气洋洋。

我最怀念的，还是儿时在故乡过新年的欢乐情景。

那时我才七、八岁，家庭教师总要在腊月廿三夜祭送灶神、新年序幕开始以后，才放我的年假。从腊月廿四到正月初五，五天年满就要照常上课了。所以这十天是我一年里的黄金时刻。天天在母亲或老长工阿荣伯后跟来跟去，学说吉利话。数数目数到“四”，一定要说“两双”，吃橘子时一定大声地唱“大吉大利，买田买地。”（故乡话“橘”“吉”同音），跨门槛一不小心跌一跤，赶紧爬起来连声地念“元宝元宝滚进来”，阿荣伯听得呵呵笑。母亲高兴起来，会递给我一块香喷喷热烘烘的甜年糕，我就边吃边说：“年糕年糕，年年高。”

那时父亲远在北平，但每年冬天都会托人带一件新棉袄给我过新年。腊月廿四那天，我总是对着大镜子把新棉袄穿上，照前照后一番再脱下来，嘴里喃喃念着：“妈妈说的，现在不穿，大年初一才穿。”母亲在一旁笑嘻嘻地说：“初一着新衣，一年都顺利。”她又说：“明年你阿爸回来，一定会带一件闪花缎旗袍给你。”

于是我就眼巴巴盼望着漂亮的闪花缎旗袍。尽管盼望落空，父亲并没回来，但母亲每年仍高高兴兴地忙蒸糕、忙酿酒。吩咐长工做给乞丐的“富贵年糕”，红糖要加足，不要掺糖色（是一种像红糖的假颜色）。阿荣伯也说：“一年一回嘛，要他们大大小小吃得高高兴兴的。”他特地雕了一方小模型给我做糕用。我学大人们把蒸熟加了红糖的米团，一个个镶在模型里压平，等凉了倒出来就是整齐有花纹的年糕。我把自己做的小年糕和大人们做的大年糕一一排在木板上，阿荣伯用毛笔蘸了洋红水，在每块上点上一点，就是“富贵糕”了。我抢着点洋红的工作，点一块、念一声“大吉大利”。母亲说：“大乞丐给大年糕，小乞丐给小年糕。”阿荣伯又用米团做了大大小小的元宝。正月里，乞丐们常常是祖孙三代像一条长龙似地游来了，阿荣伯就把大元宝捧给白发老人，小元宝给他们的孙儿孙女。看他们一个个脸上浮现欢乐的笑容，老人们连声念：“天保佑你们大富大贵，明里去了暗里来。”我眼看他们牵着一大串孩子走了，常常问阿荣伯：“明年他们长大点了，还当不当乞丐呢？他们为什么不上学呢？”阿荣伯说：“他们读什么书？长大了能学会一点手艺，有个正当工作做就算好了。”母亲却叹口气说：“只怕他们从小跟着大人讨饭学懒了，不肯学手艺，这就叫穷人的命，富贵的病啊！”小帮工阿喜说：“不会的啦！我小时候也当过讨饭的哩，是三画阿王公公把我送给你们家，太太和阿荣伯收留了我，我不是很勤奋吗？”阿荣伯用旱烟筒轻轻敲一下他的头说：“像你这样的好命有几个？”我悄悄地跟阿喜说：“我们劝大乞丐不要带他们的孩子来讨饭，送他们去小学读书，并不要钱的呀。”阿喜摇摇头说：“办不到，你不知道，过年时来的小孩并不都是他们自己的儿女，只为想多点讨年糕，要了别人的孩子来轮流冒充儿女的。”我听得心里茫茫然，问阿荣伯为什么他们愿意跟别人讨饭，阿荣伯却又只顾抽旱烟不作声了。

阿荣伯和阿喜一老一小，是我最要好的朋友，越是过年我越黏着他们。跟阿荣伯在谷仓里摆上元宝，跟阿喜在大年夜点

“风水烛”。母亲把山薯切成大小均匀的方块，插上竹签，点燃了小蜡烛。我帮阿喜提篮子在大院落各处摆上，全幢大第都显得亮晃晃一片光明。母亲和阿荣伯都念念有词地说：“风水烛，年年丰足，年年丰足。”……

就在这样欢乐的祝贺声中，农历新年开始了。

玉兰酥

玉兰酥是一种到嘴便化的酥饼，听听名称都是香的。它是早年我家独一无二的点心，是母亲别出心裁，利用白玉兰花瓣，和了面粉鸡蛋，做出来的酥饼。

白玉兰并不是白兰花。白兰花是六七月盛夏时开的。花朵长长的，花苞像个橄榄核，只稍稍裂开一点尖端，就得采下来，一朵朵排在盛浅水的盘子里。上面盖一块湿纱布，等两三小时，香气散布出来，花瓣也微微张开了，然后用丝线或细铁丝穿起来。两朵一对，或四朵一排，挂在胸前，或插在鬓发边，是妇女们夏天的妆饰。但只一天工夫，花瓣就黄了，香气也转变成一种怪味。

母亲并不怎么喜欢白兰花。除了摘几朵供佛以外，都是请花匠阿标叔摘下，满篮地提去送左邻右舍。我家花厅院墙边，有一株几丈高的白兰花。每天有冒不完的花苞，摘不尽的花。

阿标叔都要架梯子爬上去摘，我在树下捧篮子接，浓烈的花香，熏得人头都昏昏然了。

母亲不喜欢白兰花，也是因为它的香太浓烈。她比较喜欢名称跟它相似、香味却非常清淡的白玉兰。白玉兰一季只开四五朵，一朵朵逐次地开，开得很慢，谢得也很慢。花朵有汤碗那么大，花瓣一片片像汤匙似的，很厚实。开放时就像由大而小的碗叠在一起。花总是藏在大片浓密的叶丛间，把清香慢慢儿散布开来。

白玉兰的开放，都在中秋前后。那时母亲每天都到院子里抬头看看、闻闻花香。只开一朵花，当然不能采下来的。直等它一瓣瓣自然谢落了，母亲连忙拾起，生怕花瓣着土就烂了。因为白玉兰花瓣是可以做饼吃的。母亲把它先放在干净篮子里，也不能用水洗，一洗香味就走了。等水分略干后，就用手指轻轻剥碎（也不能用刀切，怕有铁腥味）。剥碎后和入面粉鸡蛋中拌匀，只加少许白糖，用大匙兜了放在浅油锅里，文火半煎半烤，等两面微黄，就可以吃了，既香又软又不腻口。熟透了的玉兰花瓣，有点粉粉的，像嫩栗而更清香。

每年的中秋节，我家从城里朋友送来的月饼，种类繁多。除了面上撒芝麻的月光饼以外，还有苏式月饼，广式月饼。哪一种母亲也不爱吃。她的兴趣是切月饼，厚厚的广式月饼切开来，里面是各种不同的馅儿。母亲只看一眼，闻一下就饱了。她总是说："这种月饼，满肚子的馅儿，到底是吃皮还是吃心子呢。连供佛也不合适，因为都是荤油和的。"所以她都是拿来送左邻右舍。

"潘宅"的广式月饼，是邻居们最欣羡的。未到中秋，早已在盼待了。我呢，守在母亲边上，看她把一个个月饼切开，每个切四分，不同的馅儿配搭起来，每家一份。她把月饼用盘子放在一个四层的精致竹编盒子里，叫我提了挨家去分，让每家都尝尝不同的馅儿。但她总不忘加入一份她自己做的玉兰酥。"也要让大家尝尝我的土月饼嘛！"她得意地说。

分月饼当然是我最最讨好的差事。每家吃了月饼，都对母亲说："广式月饼，苏式月饼，就是稀奇点，那里比得你做的玉兰酥，吃得我们舌头都掉下来了。"听得母亲好高兴，她那一脸快慰的微笑，真好比中秋节的月光一样的明亮美丽呢。

母亲只是喜欢做，自己吃得很少。老师说她是辛勤的蜜蜂，我就念起他口传我的那两句诗："采得百花成蜜后，为谁辛苦为谁甜？"念了一遍又一遍，像唱山歌似的。老师问我懂这意思吗？我说："当然懂呀。蜜蜂忙了一大阵，蜜却被人拿去了。"母亲听了笑笑说："你懂就好了。蜜蜂是很辛苦的。但是我宁愿你做一只勤快的蜜蜂，可千万别做讨人厌的苍蝇啊。"我咯咯地笑了。

我嘴虽说懂，其实哪里懂呢？我若真的懂了，就不会像一只苍蝇似的，老是嗡嗡地纠缠着母亲，而不帮一点点的忙了。

如今每回想起清香的玉兰酥，与母亲所做的各种美味，心头就感到阵阵辛酸。母亲，一只辛苦的蜜蜂，终年忙碌无怨无艾，她默默地奉献一生，也默默地归去了。

几十年来，我从未见过家乡的那种清香白玉兰树，也无从学做香软的玉兰酥。中秋节一年年的度过，异乡岁月，草草劳人，心头所有的，只有无限的思亲之情。

团圆饼

寄居异国，几乎年节不分。每到中秋，既无心举头望明月，也无兴趣买象征明月的月饼来应景，一心思念的却是当年母亲一双巧手做的“团圆饼”。

其实，母亲经常都做各种香喷喷的饼。到了中秋节，她就说自己手里捏的是“团圆饼”，她并不称它为“月饼”。她说月亮是高高在天上，放光明照亮世间的“月光菩萨”，怎么可以摘下来吃呢？说得外公和老长工阿荣伯都呵呵地笑了。

母亲做团圆饼时，先炒好馅儿，甜的是猪油豆沙、咸的是雪里蕻炒肉末。由阿荣伯揉好面，切成平均的一团团，她再来包。我当然少不了在边上帮倒忙，为的是想快快有得吃。但母亲总要我先拜了拜月亮菩萨，供了祖先，才准我吃。

外公爱甜食，母亲就特别为他老人家加工加料，做鸡油豆沙加枣泥馅儿的，摆在他床边由他随时可以吃。我就在外公身边跟进跟出，不用说，又油又香的枣泥饼，大半都给我吃了。

在银色的月光下，我扶着外公在庭院中散步，听他讲母亲少女时代既能干又热心照顾邻居的许多事儿，我听了一遍又一遍，总也听不厌。母亲却说："许多事儿都是你外公加油加酱编出来的，我哪有那么好？"外公又捻胡子呵呵地笑了。

母亲定定地注视着外公，低声对我说："外公一年年老了，你一年年长大以后，要去外地读书，不知还有几个中秋节能在外公和我身边一起过呢！"

我听了心里怅怅的，抬头望外公，他笑得满脸皱纹，白胡须在月光中微微飘动。我觉得外公像一位老仙翁，就要冉冉升天而去，不由得一阵心酸，几乎掉下泪来。

外公微微颤抖的手，紧紧捏着我的小手说："小春，祭拜过月光菩萨，你就赶紧写信到北京给你爸爸，要他快点回来，逢年过节，总要一家团圆，吃你妈妈做的团圆饼啊！"

阿荣伯兴冲冲地从街上买来一个好大的月光饼，有小圆桌那么大，阿荣伯说是专为祭月亮菩萨的。我看了快乐得直跳，把鼻子凑上去闻闻，好香呢。妈妈也高兴地说："如今的年轻人真会变新花样，会做出这样大的团圆饼来。快摆桌子祭月光菩萨吧，我把菜都烧好了。"

祭拜过月亮，我就急着要吃那大大的月光饼。可是妈妈不让我掰开来，说一定要过了十六才能吃。

“十五月光十六圆。十五和十六都是团圆的好日子，要先吃我自己做的团圆饼。”妈妈笑眯眯地说。

妈妈的命令，连外公都得听。所以阿荣伯就把那大大的月光饼高高挂在厨房柱子上，让我只能对着它闻香味。过了十六，他才把饼切开，半个给外公放在他房间里慢慢儿吃，半个大家分来尝尝。连妈妈都夸好香好脆呢。

她想了一下，要阿荣伯再去买一个来，挂在她自己房间里。到了晚上，她搂我在怀里，对着大月光饼呆呆地看半天，拍着我轻声地说：“小春，写封信给你爸爸，告诉他我们屋子里有个大大的团圆饼，要他明年回来过中秋节，一家团圆多好？”

在摇曳的烛影中，母亲的笑靥里闪着泪光。我想念起远在北京、迟迟未归的爸爸，想起外公催我写信催他快快回家的热切神情，也禁不住热泪盈眶，更深深体会到老师教我古人的诗句：“每逢佳节倍思亲”的意义。

元宵节的故事

小时候春节农历正月初五一过，就眼巴巴望着元宵节的提灯会和吃汤团。母亲一双灵巧的手，先把雪白的糯米粉搓成长条，再摘成一粒粒，大小非常均匀，每次手掌心里一定放五粒，双手一合同时搓。母亲与叔婆边搓嘴里边念：“五子登科，五子登科。”母亲还会说：“搓得圆圆的，跟天上的月亮一样的圆。团团圆圆。”叔婆就说：“我们的月亮多好，到十五就会圆，外国的月亮到十五不会圆，要我记阳历几号再也记不住。”那时已时行阳历，可是对我们农家还是很生疏。于是外公敲着旱烟筒说：“两样都好，照阳历算，我小了两岁。我是十二月生的，阴历还没满月就算两岁，太吃亏了。”叔婆听了也高兴起来，汤团搓得更圆了。

叔婆也喜欢讲笑话，她想起一个元宵节的笑话来，她说：有一个庄稼汉，趁着正月初里空闲，要进城去逛逛，问老婆要买什么。老婆说：“给我买把梳子回来吧！”庄稼汉没见过女人的梳子是个什么样，老婆指指天上的月亮说：“就像这月亮弯弯的。”庄稼汉进城逛到十五才回来，想起买梳子，抬头一看月亮是滚圆的，就买了面圆镜子回来。一路上，他拿出镜子看看，照见里面有个跟他一样的庄稼汉，他高兴得要命，回到家把镜子交给老婆说：“我给你带个长工回来了。”老婆一看就大哭起来说：“你这没良心的，一进城就讨了个小老婆回来。”

听得母亲笑弯了腰。外公慢条斯理地说：下面还有呢！夫妻正吵着，婆婆出来了，媳妇向婆婆哭诉，婆婆说：“让我看看。”她一看却大笑说：“要讨就讨个年轻的，怎么讨个老婆子回来呢？”坐在廊檐下晒太阳的公公也忍不住了，说：“让我看究竟是怎么回事？”他拿起镜子一看说：“哦，倒是个长工，只可惜年纪大了点，帮不了多少忙啦。”

叔婆笑得摇摇晃晃的。当年简朴的农村社会，与现代人的生活，距离有多么遥远。庄稼汉连女人的梳子、镜子都没见过，固然是夸张，但故事中人物，却愚拙得可爱。

元宵节已到了。现代人连搓汤团的时间都没有，十五的月亮有多圆，似乎也不再关怀，那还有闲情逸致讲梳子、镜子等的古老故事呢？

春酒

农村时代的新年，是非常长的。过了元宵灯节，年景尚未完全落幕。还有个家家邀饮春酒的节目，再度引起高潮。在我的感觉里，其气氛之热闹，有时还超过初一至初五的五天新年呢。原因是：新年时，注重在迎神拜佛，小孩子们玩儿不许在大厅上、厨房里，撞来撞去，生怕碰碎碗盏。尤其我是女孩子，蒸糕时，脚都不许搁在灶孔边，吃东西不许随便抓，因为许多都是要先供佛与祖先的。说话尤其要小心，要多讨吉利，因此觉得很受拘束。过了元宵，大人们觉得我们都乖乖的，没闯什么祸，佛堂与神位前的供品换下来的堆得满满一大缸，都分给我们撒开的吃了。尤其是家家户户，轮流地邀喝春酒，我是母亲的代表，总是一马当先，不请自到。肚子吃得鼓鼓的跟蜜蜂似的，手里还捧一大包回家。

可是说实在的，我家吃的东西多，连北平寄回来的金丝蜜枣、巧克力糖都吃过，对于花生、桂圆、松糖等等，已经不稀罕了。那么我最喜欢的是什么呢？乃是母亲在冬至那天泡的八宝酒，到了喝春酒时，就开出来请大家尝尝，“补气、健脾、明目的哟！”母亲总是得意地说。她又转向我说：“但是你呀，就只能舔一指甲缝，小孩子喝多了会流鼻血，太补了。”其实我没等她说完，早已偷偷把手指头伸在杯子里好几回，已经不知舔了多少个指甲缝的八宝酒了。

八宝酒，顾名思义是八样东西泡的酒，那就是黑枣（不知是南枣还是北枣）、荔枝、桂圆、杏仁、陈皮、枸杞子、薏仁米，再加两粒橄榄。要泡一个月，打开来，酒香加药香，恨不得一口气喝它三大杯。母亲给我在小酒杯底里只倒一点点，我端着、闻着，走来走去，有一次一不小心，跨门闩时跌了一跤，杯子捏在手里，酒却全洒在衣襟上了。抱着小花猫时，它直舔，舔完了就呼呼地睡觉，原来我的小花猫也是个酒仙呢！

我喝完春酒回来，母亲总要闻闻我的嘴巴，问我喝了几杯酒，我总是说：“只喝一杯，因为里面没有八宝，不甜呀。”母亲听了很高兴，自己请邻居来吃春酒，一定每人给他们斟一杯八宝酒。我呢，就在每个人怀里靠一下，用筷子点一下酒，舔一舔，才过瘾。

春酒以外，我家还有一项特别节目，就是喝会酒。凡是村子里有人需钱急用，要起个会，凑齐十二个人，正月里，会首总要请那十一位喝春酒表示酬谢，地点一定借我家的大花厅。酒席是从城里叫来的，和乡下所谓的八盘五、八盘八不同（就是八个冷盘，当中五道或八道大碗的热菜），城里酒席称之为“十二碟”（大概是四冷盘、四热炒、四大碗煨炖大菜），是最讲究的酒席了。所以乡下人如果对人表示感谢的口头话，就是说“我请你吃十二碟。”因此，我每年正月里，喝完左邻右舍的春酒，就眼巴巴地盼着大花厅里那桌十二碟的大酒席了。

母亲是从不上会的。但总是很乐意把花厅供给大家请客，可以添点新春喜气。花匠阿标叔也巴结地把煤气灯玻璃罩擦得亮晶晶的，呼呼呼地点燃了，挂在花厅正中，让大家吃酒时发拳吆喝，格外地兴高采烈。我呢，一定有分坐在会首旁边，得吃得喝。这时，母亲就会捧一瓶她自已泡的八宝酒给大家尝尝助兴。

席散时，会首给每个人分一条印花手帕，母亲和我也各有一条,我就等于有了两条,开心得要命。大家喝了甜美的八宝酒，都问母亲里面泡的是什么宝贝，母亲得意地说了一遍又一遍，高兴得两颊红红的，跟喝过酒似的。其实母亲是滴酒不沾唇的。

不仅是酒，母亲终年勤勤快快地，做这做那，做出新鲜别致的东西，总是分给别人吃，自已都很少吃的。人家问她每种材料要放多少，她总是笑眯眯地说："大约模子差不多就是了，我也没有一定分量的。"但她还是一样一样仔细地告诉别人。可见她做什么事，都有个尺度在心中的。她常常说："鞋差分、衣差寸、分分寸寸要留神。"

今年，我也如法炮制，泡了八宝酒，用以供祖后，倒一杯给儿子，告诉他是"分岁酒"，喝下去又长大一岁了。他挑剔地说："你用的是美国货的葡萄酒，不是你小时候家乡自己酿的酒呀。"

一句话提醒了我，究竟不是地道家乡味呵。可是叫我到那儿去找真正的家醅呢？

阿玉

阿玉来我家的那天，是一个红日衔山的傍晚，农夫们都背着锄头回去了，我却泡在后山边水田里摸田螺，满手满脚全是泥。我把篓子里的田螺，倒在石头上，一五一十地数着。抬头却见一个两条粗辫子的姑娘，一声不响，睁大着圆圆的眼睛朝我看。她穿的水红印花的布衫，茶绿色裤子。看样子比我高一点点。我向她眨眨眼睛问："你是谁？为什么站在这儿看我？"

"我叫阿玉，我今天到这座大房子里来了。"说着，她伸手指指我家那两扇朱红大门。

"这是我家呀，你到我家来了？"

"嗯，婶婶领我来的，说是卖给你家当丫头了。"

我听了一知半解，丫头是干什么的？我家为什么要买丫头呢？我把田螺倒回篓子里，抹了抹脸上的水珠，爬上田岸，阿玉忽然咯咯地笑起来。

“你笑什么？”我有点不高兴。

“你脸上全是泥，像个魁星。”

我也笑了，跑到溪边，双脚跳下去，捧起水来洗脸洗手。

“我有手巾。”她说着从红布衫口袋里掏出一块蓝白格子布仔细地替我擦，这儿还有泥哩！

“你几岁了？”我摸摸她的辫子问。

“十三岁，你呢？”

“我十岁，我得喊你姐姐哩。”

“不，你不能喊我姐姐，婶婶说，到这儿来，除了猫和狗，谁都比我大，因为我是丫头。”

“丫头，”我茫然地望着她，她的眼圈儿红了。我就知道当丫头绝不是好玩的，我拉着她的手亲热地说：“我们就都喊名字吧，我叫小莺，妈妈一定会喜欢你的。”

她冲我笑了。她笑起来很甜，嘴巴只有一点点大，我后来常常叫她鲳鱼，因为鲳鱼的嘴很小，她的鼻子圆圆的，脸也是圆圆的。皮肤很黄，像是刚生过病的样子。我们并排儿坐在溪边石头上，就谈起来了。

“婶婶为什么要把你卖到我家来呢？”我问她。

“家里穷，连番薯都吃不饱。”

“你爹妈呢？”

“早死了。”

我心里很难过，看她也想哭了，就攀着她肩膀说：

“我家白米饭很多，你以后可以吃得饱饱的，我妈会待你很好的。”

她点点头。我们起身沿着田岸路回家，她给我提着田螺篓子，泥水都滴在她茶绿色裤子上了。我忽然看她走路一拐一拐的。就奇怪地问：

“你脚疼吗？”

“刚裹了脚，又放开的。”

她穿着青布滚红绿边的尖头鞋子，前头跷得高高的，鞋底都卷上来，后跟倒下去。

“你的鞋子太小了，你看我。”我伸了伸自己的大脚丫子说：“你为什么要裹脚呢？”

“我本来天天上山帮叔叔砍柴，有一天脚给刺刺疼了，灌了脓，一步也走不动。婶婶说我偷懒不肯上山，说不去砍柴就裹上脚在家里做奶奶吧！姑娘家迟早要出嫁，一双大脚板有谁要？倒不如趁早给裹上了。不过我裹脚已经算晚了，我婶婶的孩子七岁就裹上了，脚才秀气呢。”她看了看自己的脚，似乎还不胜惋惜的样子，她又皱了皱眉头说：

“真苦，婶婶说我脚太大，把破碗片子研碎了和着菜籽油包在我脚底下，要我踩着走，我疼得直叫，幸得叔叔看见，拿起剪子给剪了。后来因为卖到你家，听说你家要大脚的好跑路，婶婶才赶紧给放开了。”

我听她说出这许多我从来也没听到过的苦事儿，她的婶婶对她这样不好。又想起自己家那个绷着脸儿的姨娘，心里不由打了个寒噤，我轻声地问她：

“你知道我家有个姨娘吗？她很凶，打扮得像只花公鸡。”

“是不是四方脸儿，鸡毛似的一撮刘海，挂到鼻子尖上的那个？”

“就是她，我顶不喜欢她的。”

“我就是她买的呀！婶婶说我以后就管侍候她。”

“你就侍候她？”我气得直跺脚。“真糟，为什么不侍候我妈呢？”

她惶惑的眼神望着我问：

“你妈妈是谁，她能要我吗？”

“我妈是大太太，”我跷起大拇指得意地说：“姨娘是偏房，人家说大太太可以管偏房的。可是我妈不爱管，姨娘就一天比一天威风了，一家子就只爸爸一个人喜欢她。这次我可要去求妈了，我要妈把你要过来，你不要当什么丫头，跟我一同读书。”我一路走，一路十分有把握地摇摆着身子。

回到家里，就抱着妈的颈子喊：

“妈妈，为什么您不要丫头呢？”

“我哪儿要丫头呢？”妈说。

“您把阿玉要过来嘛！”

“傻孩子，她是姨娘出钱买的呀。”

“她侍候姨娘一定会挨打的，妈，您要了她吧！”

妈妈以怜悯的目光看看阿玉，阿玉也露出满脸恳求的神情，仰头望着妈，可是妈摇摇头说：

“不成，孩子，各人管各人的事，她要买丫头，你爸爸又许她买了，我怎么跟她去争呢？”她摸摸阿玉的头：“不要害怕，你只要好好做事，她也不会难为你的。有什么不知道的，你来问我好了，事情做完了，就跟小莺一同玩儿。”

阿玉的眼里已满是泪水，她似乎意识到不幸的命运就将来临了。我也怅怅地与她对望着，深感爱莫能助。就挽着她的手，悄悄地走向后院的果树林中去。我采下一个透红的李子递给她，她向我笑笑，塞在口袋里。

第二天清早，我一醒来就想起阿玉，赶紧起床到厢房楼下去找她，她老早起来了。红布衫茶绿裤子平平正正地折好放在枕头边，却换了一身蓝底白花的旧布衫裤，坐在床沿上发呆，看我进去，高兴地站起来问：

“小姐，您知道二太太什么时候起床吗？”

“还早得很呢？起码要太阳晒到那堵白墙。”我指指院子那边的围墙。

“那不是要吃中饭了吗？”

“可不是，阿玉，你现在别管她，我先带你玩儿去。”

“不，我不敢，我要在二太太房门口等着，她昨天吩咐我说，喊一声，就要答应，不许跑开的。”

“不会有这么早的，你放心，我带你去看一个好地方。”我不由她分说，拉了她手就跑。跑出前面大院子，跑过一道边门，又穿过一条满是紫藤花的幽径，到了一座嵌满了五彩玻璃的大花厅里。那花厅四面的门全上了锁，只有一扇小门的锁是坏了的，自从被我发现以后，就常常躲到这里来看故事书，与小朋友们捉迷藏。

阿玉似乎有点眼花缭乱，她伸手轻轻摸摸那些紫檀木桌椅，啧啧地赞叹着说：

“真滑，真光。小姐，您真得意哩。”

“有什么得意？你不知道，我一点也不快乐。”我十分烦恼地说。

“您也不快乐？”

“阿玉，我统统要告诉你的，我要跟你好。还有，你不要喊我小姐，喊我小姐，我就生气了。”

“那怎么可以呢？老爷太太听见了要骂的，我是丫头呀！”

“又是丫头丫头的，我不要你记着这个名字；你跟我不都是一样的好女孩子吗？妈妈疼我，她也会疼你，我们长大了都要孝顺她。”说着，我拉着她的手，走到一面嵌砖镜的大屏风前，并排儿站着。她穿着蓝底白花布衫裤，我穿着白底红花布衫裤，我们都梳着两条辫子，看去真像亲姊妹呢！阿玉睁大了眼睛，对着镜子呆看了半天，又回头看着我，把我的手捏得紧紧地。

“阿玉！阿玉！”外面传来叫喊的声音。

“怎么办？在喊我呢？”阿玉惊惶地跑出花厅。

“不要紧，是长庚伯。”我仔细听了一下。

“长庚伯是谁？”

“他是老长工，他待我最好了。”

阿玉才宽心地笑了笑。长庚伯走了过来，一看见我们，又高兴又生气地说：

“这两个小东西，我就知道你们在这儿。阿玉，二太太起来了，快去吧。”

阿玉吓得拔脚就跑，长庚伯又喊住她说：

“小心点，别滑倒了，我陪你到厨房里帮你把热水壶提上楼，你还提不动呢！”

我跟着一同出来，奇怪地问道："长庚伯，为什么姨娘今儿起得这么早？"

"新造毛坑三天香，新来了个丫头，就得早点起来使唤。"他忽然叹气：

"只不要过不了三天就打她才好。"

我着急地攀着他的手臂轻轻地问。

"她会打她吗？"

"谁保得了呢？从前阿香不就是给打跑的吗？那时你还小，记不得了，唉！都是苦命的孩子。"他又低声地叹息着。

到厨房里，长庚伯提了大水壶，阿玉跟在后面，战战兢兢地经过道走上楼去。我望着她的背影消失在楼梯转角，心里着实为她捏一把汗。

一直靠近吃中饭时候，阿玉才提着空水壶下楼来，我连忙问：

"她怎么样？阿玉，事情都做啦！"

"做了！"她用袖子抹了抹额角与鼻子尖的汗珠，脸孔红喷喷地。"老爷跟二太太都起来了，二太太教我迭被子，擦水烟筒，倒痰盂，还抹了房间扫了地。"

"你都会吗？"我关心地问。

"我小心听着，一样样地做，她倒没骂我，只瞪着眼睛看我，她的眼睛好大。”

“有一道凶光。”我瘪了瘪嘴。

她扑哧笑了。

“还好，她对我笑了好几次，说我是个傻丫头，还给了这花儿。”她指着胸前挂着的一对白兰花与一圈茉莉花。

“这是昨天的，院子里有的是。”

“她说过，叫我天天清早采了，照样儿用铁丝穿好，送到她房里去，放在床边。”

“我帮你做好了，我会，妈妈的都是我做的。”

我马上带她到花园里，一样样的花儿指给她看，许多我都叫得出名字，那都是长庚伯告诉我的。我采了朵开得正好的石榴花，插在阿玉的辫子根上，两条乌油油的辫子，衬着火红的石榴花，照得她的脸儿也丰润光泽了。我不禁羡慕地喊："阿玉，你真好看。"

“那有您好看，您有新衣服穿。”她指着我的花布衫。

“我请妈妈给你做。”我说。

阿玉感激地看着我说：“大太太待我真好。”

阿玉总是一天忙到晚，脸上渐渐笼罩上一层恐惧不安的阴云，我几次问她为什么，她都摇摇头不说。

妈妈还给她缝了好几件新衣服，可是她都没有穿，我问她为什么不穿，她说：

“二太太不让穿，她说我是侍候她的，要什么穿的戴的，她会给，用不着大太太操心，我就不敢穿了。”她忽然捏了我的手悲切地说：“小姐，她常常打我，还拧我的手膀子，您瞧都紫了。”

“你怎么没告诉我？”我摸着她发紫的印子怜悯地问。

“我怕你难过。”她抹着眼泪。

我领了阿玉走进妈妈拜佛的经堂里，那儿静悄悄地没有一个人。我们把门窗都关上了，并肩儿坐在蒲团上，靠得紧紧地。我低声地告诉阿玉自己的种种苦处，最后我叹了口长长的气说：

“阿玉，你不要难过，我跟你差不多，我常常看见妈背着人淌眼泪，我也只有跟着哭。”

“老爷为什么要讨二太太呢？”

“就为没有儿子，说我女儿家不中用，要讨个二太太来生儿子。我长大了一定要争口气，阿玉。你也要争气，长庚伯说的，现在的世界是男女平等。”

“我没读书，一个大字不认识，那好跟您比呢！”她懊丧地说。

“从今天起，你就认字，我教你，我已经读到第四册语文了，我把第一册拿来教你。阿玉，你一定要读书，读通了书，就不会受人家欺侮了。”

“现在读还来得及吗？”她的眼睛发出了光亮，小嘴巴张开来。

“怎么来不及，爸爸说爷爷十五岁才认字，后来还中了秀才呢！我以后一天教你两个字，慢慢儿就会了。”

从那以后，阿玉趁着老师出去了，就来伏在我旁边看我写字。起先我一天只教她两个，后来教到五个，她认得很快，也学着描红抄书，一年以后她就认了不少字了。

一天，阿玉正在高声念书，我的三叔一掀帘子进来了。他看见阿玉，吃惊地缩住了脚，阿玉更羞得绯红了脸。我叫她不要怕，说三叔还是我的学长哩。因为三叔原是乡村小学的毕业生，而乡村小学的校长就是教我的老师。阿玉低着头一眼都不朝他看就跑了，三叔望着她走远以后，就回头问我。

“她也读书了！”

“嗯！是我的徒弟。”

“二嫂对她还好吗？”

我摇摇头。

“她几岁了？”

“比你小三岁。”

“这么好的姑娘给人当丫头，真可怜。”

“三叔，你也把她当丫头看？”

“我并没有。我很同情她，小莺，我们以后可以一道玩吗？”

“当然好，不过千万不能给姨娘看到，给她看到，阿玉跟我都要挨揍了。”

“我知道。我以后带你们去划船、钓鱼。”

我乐得什么似的，晚上告诉了阿玉。阿玉却连连摆手说：

“不好，我不去，我不能去。”

一个静悄悄的星期天下午，老师因事进城去了。三叔做了一根细长钓鱼竿，又掘了蚯蚓，要我赶紧做完功课，就催着阿玉去钓鱼。阿玉经不起三叔再三怂恿，才趁着姨娘睡午觉时，大着胆子和我们一同去了。我们和长庚伯约好，姨娘的中觉可以睡上两个钟头，万一喊了，就请长庚伯把那扇朱红大门打开，我们看见门开了，就让阿玉赶紧跑回家。

我和阿玉手牵手跟着三叔走过竹桥，到了小河边，在树荫下蹲下来。这是初秋一个清朗的好天气，蓝色天空里几朵白云在飘动，深绿的河水平静似镜，把三个人的倒影分明地摄在水底，阿玉的脸蛋儿越发显得圆润可爱，两条辫子油光发亮地垂在两肩。她今天穿的是一套枇杷襟印花布衫裤，是姨娘的旧衣服改的，我悄悄地问她：

“阿玉，你那套红布衫儿绿布裤为什么总不穿了？”

“那是我从自己家带来的一套衣服，前襟的花还是我妈给做的哩。我要收起来做个纪念，而且，现在穿也太短了。”她忽然叹了口气：“到你家已经三年多了。”

我知道阿玉又想起自己是丫头而不快乐了，可是一时又想不出话来说。回头看三叔，却见他正呆呆地望着阿玉，阿玉被望得低下了头，拾起几片树叶子丢向水面，搭讪着说：“看，鱼儿来吃饵了。”

“没那么快呢！”三叔说。

“三叔，这玩意儿太气闷，没意思。”我说。

“哪像你野孩子就会摸田螺。”

我咯咯地笑了，阿玉也笑了。三叔在学生装口袋里取出一本儿童模范故事，递给我说：

“小莺，这本书送给阿玉，你教她读，她一定喜欢。”

阿玉从我手里接过书去，羞怯怯说：

“我那儿读得这样深的书呢？”

“你这样聪明，不要几个月就全会了。你把这一本读完了，我再给你买新的。”三叔说。

“谢谢你，三叔。”

正说着，钓丝的浮沉子一下子被拖下去两个，三叔把钓竿轻轻握在手里，斜着慢慢地抽过去抽得钓竿头子弯下来，钓丝绷得紧紧的，然后使劲向上一提，一条银色跳跃的小鱼在太阳里闪着光。我高兴得直跳。阿玉帮着收回钓丝，把鱼摘下来放入水桶里。“还是鲤鱼呢！”她抬起头来说，晶莹的眼珠望着三叔。我发现三叔的一对碧清的眼神也正在痴痴地看着她，阿玉的双颊顿时起了一抹红晕。

我们玩得正高兴，却见长庚伯气喘吁吁地跑来，隔着河岸大声喊：“你们怎么了，我把大门开了半天，不见回来，二太太起来了。”

我这才记起，原来我们玩得高兴，根本忘了去望那扇大门。阿玉吓得脸色都变了，三步并两步地跳过竹桥飞奔回去了。

三叔看阿玉从那笔直的小径踅去，消失在朱红大门里，才卷起钓丝，无精打采地提起水桶说：“我们也回去吧！”

他看小鱼在水桶里孤零零地摇着尾巴，忽然把水桶向河心一倾，鱼又放回河里去了。

“您怎么不要它了？”我问。

“放它自由吧！为什么把活泼泼的生命关闭起来，多残忍。”

“我们自己家也有池塘，放在那里面多好。”

“那水是死的，”他的眼睛仍望着那两扇朱红大门：“小莺，记住，鱼要养在活水里；人也是一样的。”

他雪白整齐的牙齿咬着薄薄的下嘴唇。我默默地捧着钓竿，随他回到家里。长庚伯在厨房里忿忿地搥着桌子，看我们回来，带着责备的口吻告诉我说：

“小莺，我们闯祸了，阿玉给打得好惨。”

“怎么了？”三叔着急地问。

“二太太骂她越来越野，胆子也越大，不守在房门口，竟野到外面去了。拉起她辫子就向墙上撞，额角都青紫了一大块。现在大太太在给揉呢！”

我急得眼泪都掉下来，三叔捏着拳头一句话不说就转身出去了。

我赶紧到厢房里去看阿玉，她哭得泪人儿似的，满脸浮肿，额上一个大包，妈在给她敷消肿油膏，妈埋怨我说：“你以后不要再拖阿玉出去了，免得她挨打。”

“妈妈，难道阿玉一会儿也不能自由吗？”

“我是侍候人的丫头，有什么自由呢？”阿玉抽噎着说。

我挨着她坐下来，捧着她颤抖的手，想起刚才三叔把水桶里的小鱼放回河中时脸上的神情，止不住酸楚地说：“阿玉，我以后再也不钓鱼了。”

一天，爸爸和姨娘进城去了，我趁着阿玉在收拾房间，也跑到他们房里去玩。东张张西摸摸，却不小心把一个景泰蓝小花瓶打翻了，滚落在地上，捧起看时，肚皮上已经剥落了一小块，我着急地说：“怎么办呢？阿玉。”

“小姐，不要紧，这伤疤老早有了，不是您打的。”

“是真的？”我心里像掉下一块石头，一会儿就把这事忘了。

当天下午，爸爸和姨娘就回来了。第二天，整整一个上午，都没见阿玉下楼来，中饭也没吃，直到晚上，才看见她低着头走进厨房，我赶紧上前拉着她的手问：

“阿玉，你怎么一天都没见？”

“二太太从城里买回好些东西，要我一样样给理好放好。”我看她的脸有点浮肿，走路时腿一弯一弯的。

“理东西要一天？你骗我，你又挨打了，是不是？”

“没有，只是有点不舒服。”她摸了摸额角，又摸了几下腿。

我扶她回屋子里躺下，呆呆地坐在她床边。

“你太累了。”我说。我觉得她一对疲倦的眼睛，只是看着我，那里面似有说不尽的情意。

她微笑着摇摇头说：“不累，小姐，您去吃晚饭吧！我躺一下就好了。”

我只得走出来，可是我心里有点纳闷，阿玉为什么在楼上忙一天，忙得中饭都不吃呢？上完夜课回屋时，却见长庚伯拿着那个景泰蓝小花瓶走下楼来。

“小莺，”他轻轻地喊着我说：“阿玉今儿一定又挨了打。”

“你怎么知道的？”我望着他手里的花瓶，就知道事情不妙。

“老爷叫我明儿把这个带到城里去修补，说是二太太心爱的东西，阿玉给打破的，你想二太太还会饶她吗？”

“长庚伯，这是我打破的呀！阿玉还骗我说是本来就破了的，怪不得她今儿一天没下来，不一定给揍得多苦呢！”我泪水直淌下来，急急忙忙跑到阿玉房里，阿玉面向里睡了。

“阿玉，阿玉，”我摇着她的身子，她转过身来惊惶的看着我。“花瓶是我打的，你为什么自己认了？阿玉，你已经够苦了，你还要为我受罪。”

“小姐，这算不了什么。”她爬起来搂着我喃喃地说：“我已经惯了，打得再凶点也不要紧。可是我舍不得您挨骂，您是犯不上挨她骂的。”

“阿玉，”我忍不住大哭起来。“我看你腿疼，她一定又罚你跪了一半天，还不让你吃饭！”

她点点头，我们脸靠着脸，眼泪都混合在一起了。

阿玉病了，是胃痛，又发热，一定是罚跪气出来的。妈熬了浓浓的午时茶给她喝了，又为她浑身擦过生姜，出了一身汗，热慢慢儿退下点了。我一上完课就跑到她房里，坐在床沿上陪着她，她呻吟着说："小姐，您出去，二太太看见了要骂的，说你跑到下人房里来。"

"我不要她管，我妈妈还叫我来陪你呢！"

"我有病，屋子里气味大。"

"不要紧的，我要在这里嘛。我给你念书，你那本模范故事呢？三叔送给你的。"

阿玉一双手颤抖着，百般珍惜地从枕头下面抽出书来递给我，含着泪水的眼睛朝我看看，笑了，那笑容既妩媚又凄楚。我翻开第一页，就是匡衡凿壁偷光的故事。我把图画先向阿玉解释了一遍，她静静地听着。我看她在不认得的字旁边已加了红圈圈，正要念给她听，她拿过去说："小姐，让我来念，您听听错了没有？"她一个字一个字慢慢地念，一课书全念下来，一个字儿也不错。我惊奇而又高兴地问："你怎么全认得了？这些打了红圈圈的生字谁教你的？"

"三叔教我的。"她把头偏了过去，兴奋而又含羞的样子，小嘴巴抿了几下。

"这个故事真好。"她又说："一个人要在刻苦中努力，才有成就。他还教了我第二课铁杵磨成针的故事呢！"

我看着她红嫩像樱桃的脸儿，水汪汪的眼珠子充满了快乐。

我也不由高兴地说：

“阿玉，三叔直惦记你呢！说不能进来看你，叫我问你好。”

“你们都待我这么好。”她忽又眼圈儿一红掉下泪来。

“你哭什么？”

“我命不好，侍候了二太太，往后总不得好日子过了。”

“不会的，妈说明年爸爸要带她出门，她一走你就跟我妈了。”

“真的，那真要谢天谢地。”

“那时候，我们三个人自由自在一起玩，多好！”

“三个人？”

“三叔，你，我。三叔寒暑假都要回来住的。”

阿玉捧着那本模范故事，脸蛋儿愈加红得可爱了。

我虽然还只十三岁，却也知道阿玉与三叔一定会非常的要好，因为阿玉一提起三叔就笑，三叔也总告诉我他是多么喜欢阿玉。

阿玉病好以后，三叔拿了个万花筒，玩给我和阿玉看。阿玉稀奇得跳起来，翻过来倒过去地看，三叔说：

“你这样喜欢，我再给你做得漂亮点。”

于是他拆开用心地做起来，把三条玻璃裁得整整齐齐，又加进些五彩玻璃末，可是一不小心，把手指头割破，淌下好多血。

阿玉急忙去抓了一把香灰按在伤口上。又连忙把自己的花手帕撕了，小心地给他包扎起来。当阿玉在忙着的时候，我看三叔只是咧开雪白的牙齿笑着，眼睛随着阿玉满处转。包好以后，他又起劲地继续着做。他用闪亮的香烟锡箔纸包在马粪纸外面，围成一个玲珑光滑的圆筒。做好了，双手捧着递给阿玉说：

“送给你，阿玉。”

阿玉接过来对着阳光眯起一双眼睛看，小嘴儿笑得合不拢来。

“万花筒的变化这样多，你看只略微一动，花样就变了。”三叔靠近她说。

“可是再怎么转，都转不回原来的花样了。”阿玉边转边说。

“转不回来的，阿玉，世界上的事都是这样，一转眼就变了样，永久不能再回来了。”

阿玉放下万花筒，凝视了三叔半晌，若有所思地说：

“真是这样的，我现在回想从前跟叔叔上山掮柴的事儿，就好像一场梦。三叔，您说我们现在一起玩的这么好，也会是一场马上就变得没有影子的梦吗？”

三叔的脸色忽然阴暗起来，却勉强笑着说：“别想得那么多，我是说着玩儿的。”

我站在一旁，听他们说着这些充满大人气的话，怏怏地埋怨道："三叔你尽会教阿玉发愁。"

三叔拍拍我的肩膀笑了。

几天以后，三叔打开包扎好的手指头，创口已完全好了，却留下了个黑黑的印子，那是阿玉按上香灰的缘故，这个印子长在肉里，再也褪不掉了。

"怎么办呢？"我问。

"这不是很好吗？这是阿玉给我的纪念。"他冲我一笑。

我用手指划着脸颊羞他："三叔，你真不害臊呢！"

阿玉看见了，伸手摸了下那印子，说：

"三叔，对不起，害你留下这么难看的印子。"

"三叔说这印子才好哩，因为是你给他留的。"我俏皮地说。

阿玉打了我一下，扭过身子一溜烟跑了。三叔望着她娇小的身影，悄悄地跟我说：

"小莺，总会有一天，我要让阿玉过自由快乐的日子。"

又是一年的端午节，阿玉用五彩丝线做了各种各样的香袋给我。粽子、橘子、荔枝、鸡心。我胸前琳琅地挂了一大串。我把三叔拉到后院树林里，指指胸前说："你瞧，阿玉给我的。"三叔伸手就摘下那个鸡心说："这个送我。"

"你男孩子也要这个？"

"嗯，因为是阿玉亲手做的。"

我又划着脸儿羞他。阿玉也走来了，看见鸡心挂在三叔手指上，她向他一笑说：

“我这里还有一个。”说着就从贴身口袋里掏出一个来，是用粉红缎与白绸子缝的，光彩夺目，却素净地没有绣一点花，她把它放在三叔手心里，柔声地说：“这个送给你。”

“谢谢你，阿玉，你真好。”他把鸡心凑在鼻子尖上闻着。

“没有你的万花筒可爱，我一直把它放在枕头边上呢！”阿玉卷着花布衫衣角说：

“万花筒变成电筒，可惜不会发亮光。”我在旁插嘴道。

“会的，它会发光。”阿玉忽然抬起头来，晶莹的眼睛望着树梢。“三叔，您送给我的东西都是那么好，那本模范故事，使我知道得比以前多了。我每天从头的念，还把它一课课抄下来，我已经都会背了。有时候晚上睡不着，我就在心里念着，觉得黑洞洞的屋子都亮了。”

三叔靠近阿玉，一手扶着她的肩膀，从树叶子缝里透进的阳光细碎地散落在阿玉身上，像缀着钻石似的发亮。看他们好像有许多话要说。我就悄悄地溜出来了。

我自以为已经懂得不少。有三叔这样一位小长辈随时给我教导，我也确乎比别的女孩懂事得多。家里有一个令人心惊肉跳的姨娘，妈又是那么忧郁，复杂的家庭环境，使我对快乐与悲伤，都有特别的敏感。因而我对阿玉和三叔一天比一天要好的感情，就感到十二万分的欣喜。我甚至希望三叔快快毕业成家，把阿玉带得远远的离开这个痛苦的家。我也希望妈妈能带我与他们毗邻而居，日子将过得多么快乐啊！可是孩子的希望只是可笑的幻想，而这个幻想的破碎又是出奇的快。

端午节后没有几天，忽然妈妈满脸泪痕地告诉我说爸爸和姨娘要带我去杭州，把阿玉也带去，妈却要在乡下收租。像一个晴天霹雳，我吓得马上哭起来，只是跺着脚喊不去。可是爸爸说什么就是什么，妈都拗不过，我又有什么办法呢？我再也没想到爸爸就这么狠心地把我们母女拆开，又把阿玉与三叔拆开了。我呜呜咽咽地哭了半天，妈也只是流泪叹气。我偷偷地把不幸的消息告诉了阿玉。阿玉惊得呆愣愣的，半晌说不出话来。我又赶紧写信叫三叔快来，三叔来了，我们三个人默默地坐在悄无人声的花厅里，三叔低沉着声音说：

“我也要求大哥准我转学到杭州去。”

“他答应吗？”阿玉渺茫地问。

“爸就是答应，姨娘不准，那就吹了。”我说。

“三叔，你还是读完了高中再说，现在突然要到杭州去，老爷会疑心，尤其是二太太。”阿玉说。

三叔咬着下嘴唇，紧锁双眉，我知道他和我一样地没有办法，因为他还是个中学生，没有自立的能力。

商量的结果只有忍痛别离，我们固可以给三叔写信，而三叔给阿玉的信却一时没法寄，因为寄家里怕姨娘拆了看，要等我进中学住了校，他才好寄到我学校里来转给阿玉。

就这样，我们在万分悲痛的心情下依依的分了手。妈妈把几个银洋钱用红布缝得紧紧的，放在我贴身的兜肚儿里，再三叮咛，只送我们到后门口，就抹着泪转身进去了。三叔一直送我们进城上了轮船，递给阿玉一本爱的教育与一本作文文范，低声说："小莺，好好教阿玉读书，多给我写信。阿玉，别难过，我相信我们不久就会见面的。"

阿玉的脸色惨淡无光，长睫毛里闪着泪珠，我也早忍不住哭了。三叔下船去后，我们依着船栏，望着熙攘的码头，望着即将带我们飘离故乡的江水。我们这两个入世未深的孩子，已深深领受到人间别离之苦，与孤伶无依的悲哀了。

到杭州以后，姨娘差不多天天打牌，使阿玉忙得连晚上都没有写字的时间，她只暗暗告诉我说：

"小姐，代我写信告诉三叔，说我很好。"她话没说完，眼圈儿就红了。

"我不能骗他说你好，你明明不好嘛。"我说。

"不要告诉他，小姐。他读书会没心思的。"

我懂得阿玉想念三叔正和我想念妈妈一样痛苦。

一年后我考取了初中，马上搬到学校里住宿，阿玉当然更寂寞孤单了。幸得三叔三五天总来一封信，由我转交阿玉。我为了阿玉，每星期一定回家一次，阿玉早在大门前望眼欲穿了。三叔的信虽写得浅却很长。阿玉总是兴奋地跟我一同看。看到情意缠绵之处，她的两腮微红，小嘴儿微微张开来，眼里含着泪水。

“阿玉，等三叔高中毕业，来杭州读大学就好了。”我安慰她说。

“日子还远着呢！”阿玉怅怅地说。

日子确乎太远了，希望又是那么的渺茫，就在这渺茫的盼待中，事情却起了意外的突变。

有一天，我回家来，门口却没有阿玉在等，我问佣人都说是二太太不知为什么发脾气，差人把她送回家乡了。我听了大吃一惊，又打听不出一点原因来，连晚饭也不在家吃就失魂落魄似的回到学校，立刻写信给妈妈和三叔，问阿玉到了没有。我想起五年来和阿玉相依相守，如今她竟匆匆地被送了回去，连个道别的机会都没有。我当时自是悲伤万分，我又如何想得到那就会是我们的永别呢？

阿玉来信了，我看出她是在一路写，一路哭的，她写道：

小姐：二太太把我送回婶婶家了，她看了我枕头下三叔给我的信，狠狠地打了我，说我做丫头的还有这样大的胆子。小姐，我不知道是不是自己错了，我是不该跟三叔通信吗？

我连想见您一面都不许，现在又被婶婶关在家里，不能去看大太太，更不能看三叔，我想是永远见不到他了。我把他送我的万花筒捧在手里，想起他说的话，教我的书。他说一个人一定要忍耐刻苦，才会成功。我已经够忍耐也吃了不少苦，可是我的命运竟就像万花筒，自己一点也拿不稳，变得太多也太快了。从前的事，真像一场梦呢？

记得我刚到你家，你就叫我"鲳鱼"，现在这条鱼已落在泥塘里，还不知能活多久哩？小姐，你我都爱哭，这以后，我哭的时候更多了。没有你和三叔给我指点，我觉得人活着真是空。我没有法子给三叔信，您代我告诉他，我是永远记得他的。

我的泪水落在信纸上，和阿玉的点点泪痕混在一起。我为阿玉哭，也为三叔哭。我更担心阿玉今后的日子将怎么过。我奇怪的是：为什么姨娘竟有这样大的权威，操纵阿玉一生的幸福。三叔不能拯救她吗？我立刻写信给三叔，可是等我接到三叔的信，才知道阿玉回到婶婶家不及十天，就被迫嫁给一个贫苦的船夫了。

我好像尝尽了生离死别的痛苦，不满十五岁的孩子，心头就有着如许重的负荷。阿玉的笑靥与泪眼，三叔忧戚的容颜，总是在我脑中盘转着。我不知道阿玉日后是不是会幸福，可是我相信她会永远记挂三叔，三叔也会为她伤心一辈子的。

我初中毕业时，三叔已考取清华大学，去北平以前来杭州看我，他高了也清瘦了，我们在落日余晖中，散步到西泠桥上。

“又过端午节了。”三叔说：“阿玉送你的香袋都还在吗？”

“我都好好收着呢！”我万分惆怅地说。

他从口袋里取出一个小小封套，打开来，里面躺着那颗粉红缎子白绸缝的小鸡心，依旧是那么娇艳洁净。

“小莺，那时你笑我男孩子也要这个，现在你该懂了。”

“我早懂了，三叔。可是阿玉……”我已是热泪盈眶。

“我没想到那次我说万花筒的话竟成谶语，我没有能让阿玉过自由快乐的日子。”他沉痛地说，捧着那颗鸡心。我看他手指头上那一条香灰印子，还是一样的鲜明。我伸手默默地摸了下那印子，仿佛阿玉仍笑语轻盈地和我们玩在一起。

阿玉嫁为船家妇后，还曾给我写了一封信来，她说她的家就是一条大乌篷船，她的心也老是那么晃晃悠悠地没有一点着落。她要我代问三叔好，也问我妈好。我把信转给三叔，可是我们都没法给她回信，因为她没有一定的家。从那以后，她就音信杳然了。

我好挂念阿玉。我们现在生活在两个完全不同的世界里。那条乌篷船还能自由自在地载着阿玉，到处飘荡吗？她现在究竟飘荡到哪里了呢？

葡萄干面包

我好爱吃葡萄干面包。每天早上吃一片，再喝一杯鲜牛奶，真觉其味无穷。

品尝葡萄干面包的滋味，不只在它的香甜，也不只在它的松软，而是由于吃的时候，想起当年守着母亲，看她眯起眼睛，全心享受葡萄干面包的快乐神情。

六十年前，哪有现在这样“浑身”满布葡萄干的面包呢？那时一个小圆面包上，只有正中央镶一粒葡萄干，边上偶然再黏上一两粒，那就是不得了的丰富啦！

母亲有胃病，很“新式”地要吃“西点面包”。每回长工有事进城，才顺便为她买几个带回来。母亲把它当宝贝似地收在碗橱里，厨房工作做得正忙，胃里饿得直冒酸水，她就拿出面包咬一口，又放回去。直到饭菜都烧好，才坐在门槛边那张长凳上，把一双站得酸痛的小脚搁在矮竹凳上，捏着葡萄干面包，看一眼，咬一口，细嚼慢咽地品味起来，但总是把那两三粒葡萄干留到最后才吃。我在她身边转来转去，实在想看那几粒葡萄干。老是问："妈妈，您为什么还不吃葡萄干呀？"她总是说："急什么嘛？总要嚼得细细的才补呀！"我说："才两三粒葡萄干，还补不到牙齿根呢！"母亲笑眯了眼说："谁说的，葡萄干补血的，补了血，浑身都补了。"

有一回，我实在忍不住流口水，心生一计，忽然一声大喊："妈妈，面包上有一只苍蝇。"说时迟，那时快，伸手就把那粒葡萄干剥下塞到嘴里了。母亲笑骂："你这个馋嘴丫头，欺侮我近视眼。只那么一粒葡萄干你都抢。我做的枣泥糕多好吃，你不去吃，来抢我的葡萄干面包。我是有胃病，不能吃糯米呀！"

我心里也觉得很抱歉，对自己说：往后再也不这样淘气了。一定要把好吃的东西留给妈妈吃。可是从那以后，母亲反倒都把葡萄干剥下来留给我吃。我说："你自己吃嘛！"她说："甜的吃多了不舒服。"我有点不信，但还是把她留给我的葡萄干吃了。

有一回，老师因为我作文作得好，要奖赏我，问我喜欢什么，我马上说："葡萄干。"老师给我买来像火柴盒那么小一盒葡萄干。盒子上画的一个漂亮番女，捧着一篮绿绿的葡萄。我把盒子打开，撮出一粒放在嘴里含着，在心里说："我一定要省着给妈妈吃。”于是把它塞在母亲枕头底下。晚上临睡时，母亲发现了。眯起眼睛看了半天，问是什么，我说：“是补血的葡萄干呀！”母亲高兴地打开来，撮了一粒放在嘴里，慢慢地咀嚼。我靠在她怀里，仰起头来看她那一脸的笑眯眯，觉得自己从来没有这么孝顺过呢！

那盒葡萄干在母亲枕头下放了好多天，她总是舍不得吃。还是我忍不住，摸出来撮一粒塞在母亲嘴里，撮一粒放在自己嘴里，母女二人，并肩躺在床上，你一粒，我一粒，边吃边唱山歌，好多天才把它吃完了。

如今回味起来，觉得一生也没吃过那么好吃的葡萄干呢！

头发与麦芽糖

每回梳头发梳得不顺心，梳到右边偏偏翘向左边时，就只想拿把大剪子，咔嚓一下，把一绺不听话的头发剪下，也马上想起满口甜甜软软的麦芽糖来。

麦芽糖跟头发有什么关系呢？是我贪吃麦芽糖，把它粘在头发上了吗？不是的，是因为小时候，我常常剪下头发换麦芽糖吃的。

每回听到卖糖的咚咚咚地摇着拨浪鼓来了，我就急急忙忙跑到后房，在母亲堆破烂的箧篓里掏，掏出破布、蜡烛头、旧牙刷、玻璃药瓶等等，塞在口袋里，再急急忙忙跑到后门口，统统捧给卖糖的老伯伯。他一样样当宝贝似地收下，然后用小铁锤在刀背上一敲，割下一片麦芽糖递给我，糖薄得跟纸似的，一放进嘴里，就贴在上颚的“天花板”上，让它慢慢溶化。眼睛总是盯着那一大块圆圆的糖饼，舍不得走开。看他竹箩里塞满了乱七八糟的东西，都是用糖换来的。有一天，我问他："伯伯，你要这些东西做什么？"

"换钱呀！都是有用的东西啊！破布可以做拖把，搓绳子，蜡烛头可以溶开来再做蜡烛，玻璃瓶卖回工厂去。"他摸摸我的头说："头发和猪毛我也要，猪毛做刷子，头发结发网。"

这一下我有主意了。每回母亲梳头时，我都耐心地在边上等，等她梳完头，我就帮她把梳子上的头发一丝丝理下来，用纸包好，等着换糖吃。母亲看我变得这般勤快起来，还直高兴，岂知我是另有用心呢。

可是母亲的头发并没掉多少，要累积好多次才能换来一小片糖。我老是问："妈妈，你怎么不掉头发嘛？"母亲奇怪地说："你这个丫头，难道你要妈妈快点老呀？"我连忙说："不是的啦，是因为……"还是不说的好，怕母亲觉得不吉利，母亲的忌讳是很多的。

于是我想起自己一头猪鬃似的头发，又粗又硬，披到东边，翘到西边，好难看啊。就躲在房间里，对着镜子从里面剪下一撮，再把外面的盖下来，是看不出来的。可是一次次的剪多了，短头发就像茅草根似地冒出来，母亲看到了，觉得好奇怪，问我："你的头发怎么了？"我结结巴巴地说："太多了，好痒，剪掉一些。我看二婶也是这样从里面剪的。"她大笑说："傻瓜，二婶梳头，嫌头发太多不好梳，你是小孩子短头发，怎么能这样剪呢？再剪要变成瘌痢头了。”我只好供出来，是为了要换麦芽糖吃。母亲想了想说：“不能再剪头发了，我来找东西给他。”于是找出我小时候的旧衣服、鞋袜等等，包在一起交给我，我好高兴啊！

卖糖的又摇着拨浪鼓来了，母亲呼我把东西给他，自己却又捧了一大碗满满的米，走到后门递给他说：“再给我一片，我要供佛。”老伯伯说：“小妹妹，这一包东西就很多，不要米了。”母亲说：“要的，要的。这是大米，熬粥给孩子们吃才香呢。”

老伯伯切了三片厚厚的麦芽糖给我们，高高兴兴地走了。母亲望着他的背影说：“那点破旧东西能换几个铜板呢？看他好辛苦啊！”

我咬一口糖含在嘴里，另两块捧到佛堂里供佛。想起老伯伯接下母亲那一碗米时，脸上快乐的笑容，觉得嘴里的麦芽糖也格外香甜了。

第二部

从恍惚的回忆中走过

母亲的金手表

母亲那个时代，没有“自动表”、“电子表”这种新式手表，就连一只上发条的手表，对于一个乡村妇女来说，都是非常稀有的宝物。尤其母亲是那么俭省的人，好不容易父亲从杭州带回一只金手表给她，她真不知怎么个宝爱它才好。

那只圆圆的金手表，以今天的眼光看起来是非常笨拙的，可是那个时候，它是我们全村最漂亮的手表。左邻右舍、亲戚朋友到我家来，听说父亲给母亲带回一只金手表，都会要看一下开开眼界。母亲就会把一双油腻的手，用稻草灰泡出来的碱水洗得干干净净，才上楼去从枕头下郑重其事地捧出那只长长的丝绒盒子，轻轻地放在桌面上，打开来给大家看。然后眯起（近视眼）来看半天，笑嘻嘻地说：“也不晓得现在是几点钟了。”我就说：“您不上发条，早就停了。”母亲说：“停了就停了，我哪有时间看手表？看看太阳晒到哪里，听听鸡叫就晓得时辰了。”我真想说：“妈妈不戴就给我戴。”但我也不敢说，知道母亲绝对舍不得的。只有趁母亲在厨房里忙碌的时候，才偷偷地去取出来戴一下，在镜子里左照右照一阵又脱下来，小心放好。我也并不管它的长短针指在哪一时哪一刻。跟母亲一样，金手表对我们来说，不是报时，而是全家紧紧扣在一起的一种保证，一分象征。我虽幼小，却完全懂得母亲宝爱金手表的心意。

后来我长大了，要去上海读书。临行前夕，母亲泪眼婆娑地要把这只金手表给我戴上，说读书赶上课要有一只好的手表。我坚持不肯戴，我说：“上海有的是既漂亮又便宜的手表，我可以省吃俭用买一只。这只手表是父亲留给您的最宝贵的纪念品啊！”因为那时父亲已经去世一年了。

我也是流着眼泪婉谢母亲这分好意的。到上海后不久，就由同学介绍熟悉的表店，买了一只价廉物美的不锈钢手表。每回深夜伏在小桌上给母亲写信时，就会看着手表写下时刻。我写道：“妈妈，现在是深夜一时，您睡得好吗？枕头底下的金手表，您要时常上发条，不然的话，停止摆动太久，它会生锈的哟。”母亲的来信总是叔叔代写，从不提手表的事。我知道她只是把它默默地藏在心中，不愿意对任何人说的。

大学四年中，我也知道母亲身体不太好。她竟然得了不治之症，我一点都不知道，她生怕我读书分心，叫叔叔瞒着我。我大学毕业留校工作，第一个月薪水就买了一只手表，要送给母亲，也是金色的。不过比父亲送的那只表要新式多了。

那时正值对日抗战，海上封锁，水路不通，我于天寒地冻的严冬，千辛万苦从旱路赶了半个多月才回到家中，只为拜见母亲，把礼物献上。没想到她老人家早已在两个月前，默默地逝世了。

这分椎心的忏悔，实在是百身莫赎。孔子说：“父母在，不远游。”我是不该在兵荒马乱中，离开衰病的母亲远去上海念书的。她挂念我，却不愿我知道她的病情。慈母之爱，昊天罔极。几十年来，我只能努力好好做人，但又何能报答亲恩于万一呢？

我含泪整理母亲遗物，发现那只她最宝爱的金手表，无恙地躺在丝绒盒中，放在床边抽屉里。指针停在一个时刻上，但绝不是母亲逝世的时间。因为她平时就不记得给手表上发条，何况在沉重的病中！

手表早就停摆了，母亲也弃我而去了。有很长一段时间，我不忍心去开发条，拨动指针。因为那究竟是母亲在日，它为她走过的一段旅程，记下的时刻啊。

没有了母亲以后的那一段日子，我恍恍惚惚地，只让宝贵光阴悠悠逝去。在每天二十四小时中，竟不曾好好把握一分一刻。有一天，我忽然省悟，徒悲无益，这绝不是母亲隐瞒自己病情，让我专心完成学业的深意，我必须振作起来，稳定步子向前走。

于是我抹去眼泪，取出金手表，开紧起发条，拨准指针，把它放在耳边，仔细听它柔和有韵律的滴答之音。仿佛慈母在对我频频叮咛，心也渐渐平静下来。

我把从上海为母亲买回的表和它放在一起，两只表都很准确。不过都不是自动表，每天都得上发条。有时忘记上它们，就会停摆。

时隔四十多年，随着时局的紊乱和人事的变迁，两只手表都历尽沧桑。终于都不幸地离开了我的身边，不知去向了。

现在我手上戴的是一只普普通通的不锈钢自动表，式样简单，报时还算准确。但愿它伴我平平安安地走完以后的一段旅程吧！

去年我的生日，外子却为我买来一只精致的金表，是电子表。他开玩笑说我性子急，脉搏跳得快，表戴在手上一定也越走越快。而且我记性又不好，一般的自动表。脱下后忘了戴回去，过一阵子就停了，再戴时又得校正时间。才特地给我买这个电子表，几年里都不必照顾它，也不会停摆，让我省事点。他的美意，我真是感谢。

自动表也好，电子表也好，我时常怀念的还是那只失落了的母亲的金手表。

有时想想，时光如真能随着不上发条就停摆的金手表停留住，该有多么好呢？

百补衣与富贵被

评剧里，演乞丐的穿的衣服，全是红红绿绿、东一块西一块的补丁，表示衣衫褴褛。那种戏装，叫做“百补衣”，也美其名称为“富贵衫”。在戏里的乞丐，穿起“百补衣”来又做又唱，非常好看。而且所有穿百补衣的落难公子，到后来一定是高中头名状元。然后前呼后拥、吹吹打打地衣锦荣归。

小时候的我，母亲也给我穿“百补衣”，我穿起来可就不太高兴了。尤其是去看庙戏时，真怕旁人笑我是“潘宅女状元”。因为我不是演戏，而是穿的母亲缝补过的破旧衣服，母亲也称它为“百补衣”。母亲总是说：“小孩子，越穿旧衣服越积福，将来会有享不尽的荣华富贵。”

我生气地喊：“将来？谁知道将来呢，眼前都没新衣服穿，还管将来？”我尽管不开心，母亲仍旧是拼凑着零头布料，给我补衣服。因为我穿得实在太费，尤其是父亲从外地寄回来的夏天衣料，母亲形容它“薄得跟猪油皮似的，辰时穿了，戌时就破。”我又喜欢在树林里钻，一下子就钩好几个破洞，不补怎么行呢？

其实照今天的眼光看来，母亲补的衣服，还真有点现代艺术的味道呢。那时，她有满满两竹篓的零头布，或零头绸子，一篓是夏天的薄料子，一篓是秋冬的厚料子，都小得跟豆腐干似的，母亲称之为“布末”，是街上唯一的裁缝师傅特地留起来给她的。她把两篓“布末”当宝贝似的，放在床下，还加几粒樟脑丸，怕老鼠来做窝。

给我补衣服，在母亲来说，是牛刀小试，她的真本领是缝“富贵被”。那就是选出色泽鲜艳的漂亮零头“绸末”，别具匠心地拼成一条被面。那才真是别致好看呢。现在不是就有一种专门用小块料子拼缝床罩、靠垫、桌布等等的，称为 Quilt 的手工吗？母亲可谓开风气之先了。可惜粗心的我没有学，也因为穿了太多的“百补衣”，不高兴学了。

母亲总把“布末”加以分类，质地不同，厚薄各异，她都一捆捆分别扎好。做起来取之不尽，用之不竭。她时常用彩色花布，拼一条小被子，送给亲友中的初生婴儿当满月礼，祝贺宝宝长命百岁。拼缝好一条小被子，可得好多时间呢。那时乡下年轻姑娘穿得最多的蓝底白花，或白底蓝花布衫，那是乡下土布。比较富足人家的姑娘，穿旧了就换新的。母亲也会向她们要来那些旧衣服，剪成小方块或三角形，白底蓝花间隔蓝底白花，就缝成一条很好看的全新被单了。能说母亲不是艺术家吗？

我十二岁以前都跟母亲住在乡下，穿百补衣的日子最多。冬天的棉袄穿破了，母亲也补上一块，那都是粗针粗线，补上破洞就好，逢年过节时，才在外面套上一件新罩袍。罩袍往往是大朵大朵花布的，穿破了，母亲又把它拆开，有时还小心剪下花朵来，补在一色的衣服上。格外别致。

我在美国的百货商店里，常看到一包包现代的小块花布，就是专供打补丁用的，牛仔裤的膝盖上故意补一块花布，就算是现代艺术了。可见古今中外，人的审美观念，可能是天生的，不然，原是老式农妇的母亲，怎么会有那样新鲜的设计头脑呢？

有一年，母亲花了好几个月，用最柔软漂亮的绸缎零头料，拼缝一条大大的被面。她先把一块块的料子放在一大张床单上，用针固定好，拼来拼去，比来比去，觉得不合适又拆了重拼，我真佩服她的耐心，问她是给哪个新娘当嫁妆吗？她笑笑不回答。姑婆悄悄告诉我说："你妈妈是要缝一条又软又轻的夹被，寄到北平给你爸爸过生日的。"

哦，原来母亲如此细心地金针密缝，是把一缕相思，一腔心事，都缝进这条被子中了。古人说："水晶帘里玻璃枕，暖香惹梦鸳鸯锦。"母亲不用彩色丝线，绣出一条鸳鸯锦被，她宁愿用千百块细细碎碎的绸缎，拼成一条她称为富贵被，伴随着她对父亲"长命百岁"的祝福，寄向千山万水的远方。那一分缠绵的情意，比古代闺中少妇的锦字回文还浓厚。又岂是我这个粗心大意的女儿所能体会得到的呢？

我离家出外念书，临行前，母亲为我收拾行李。把我常穿的一件百补衣棉袍也收进箱子里。我坚持要取出来，说被同学们看到会笑我寒碜的。母亲正色地说："你讲给他们听，这是你从小穿到大的衣服。要时时带在身边，不是给你穿的，是给你压岁的。保佑你万事如意，长命百岁。"我听了忍不住掉下泪来。

可是在学校宿舍里，我从来不好意思把这件百补衣取出来，生怕同学取笑。直到有一次重伤风、冷得发抖，夜深取出来披上，立感浑身温暖了。可是到上海念大学时，思念母亲，却再也找不到这件百补衣，不知被我丢失何处了。

这些年来，凡是缝制新衣，总请裁缝留给我一点点零头小块料子，渐渐地也累积了一大包，这次来美，都珍贵地收在箱角带来了。我明明没有母亲的好手艺，不会拼缝"富贵被"，也没闲情逸致来缝现代艺术的“百补衣”。只是为了纪念母亲的节俭、勤劳与细心，更有她一针针、一线线，对女儿不尽的爱。我不时抚摸着这一包零头“布末”，心头也感有无限的温暖。

妈妈银行

小时候，常听大人们说“钱庄、钱庄”，心想钱庄就是专门装钱的一间屋子，一定是角子洋钱挤得满满的，像我家专门装谷子的谷仓一样。

有一回，一位住在城里的叔叔来乡下玩，我听他对母亲说：“大嫂，你有钱该存银行，不要存钱庄。”母亲笑笑没有作声。我问她：“妈妈，钱庄和银行有什么两样？”母亲很快地说：“钱少的叫钱庄，钱多的叫银行。”我又问：“妈妈的钱为什么不存银行呢？”她敲了下我的脑袋瓜说：“我的钱都存在你的肚子里了。你不是要吃中段黄鱼和奶油饼干吗？那都要钱买的呀。”我想想也对，就很感激地说：“那么我以后的压岁钱都给妈妈买黄鱼和奶油饼干，妈妈的钱就好存银行了。”母亲点点头说：“走开走开，我忙着呢！你的压岁钱都给你买氢气球和鞭炮花光了，再等过年还早得很呢。”

于是我就把抽屉里、枕头底下所有的钱统统捧出来。有的是中间有个四方孔的铜钱，那是厨房里的五叔婆给的。旧兮兮的一点亮光没有，不值钱的，只能包在破布里当毽子踢。幸得有不少枚银角子。银角子有两种，小而薄的是小洋角子，要十二枚才换一块银洋钱。大的是大洋角子，十枚就可以换一块洋钱了。我数来数去，越数越糊涂，就一把抓给母亲说："妈妈，存在你那里。"母亲高兴地说："好，我是你的银行。"我一听到银行就高兴，仿佛钱放在银行里就会像白米饭似的，胀成满满一锅。

母亲把我的钱放在针线盒的第二格，对我说："不许动，这就是妈妈的银行，要等凑满两块银洋钱，就给你去存钱庄。"我马上说："我不要存钱庄，我要存银行。"母亲说："钱庄就在镇上，我们可以自己走去，银行在城里，我一两年也难得去一回呀。"我想起那个城里的叔叔，就说："那我们就请叔叔代存好吗？"母亲想了一下，好像真有什么新主意似的，就去问五叔婆："你有钱没有？我们一起托阿叔存城里的银行好不好？"五叔婆瘪瘪嘴说："我才不相信他呢！他一年到头香烟不离嘴，说不定会把我们的钱拿去买香烟抽。我不存，我宁可放在自己贴肉口袋里，最放心。"说着，她双手拍拍鼓起的粗腰，我知道她一年四季缠着的腰带里都是钱。

钱给了母亲，我得守信用不动用它。只能常常捧出针线盒，打开来摸摸数数，听听叮叮当当的声音。

有一次，乡长来捐款赈水灾，母亲从身边摸出五个银角子给他。我连忙问："这是你的还是我的？"母亲说："当然是我的。对了，你也该捐一点呀！"我起先有点舍不得，但想想赈灾是善事，"人要发挥广大的同情心。"老师说的。我就跑到楼上，从针线盒里拿出一个银角子，在手心里捏着，捏得热烘烘的，才万分不舍地递给乡长。他拍拍我的头说："好心有好报。"就收下了。我得意地回头看看五叔婆，她横了我一眼，才慢吞吞地从腰带里挖出一个银角子。过了半天，再挖出一个，不言不语地递给乡长，乡长还没来得及说话呢，我马上抢着说："五叔婆，你好心有好报。"她再横了我一眼。我第一次觉得五叔婆心肠也是满好的。

妈妈的银行给我心理上一份安全感，觉得有妈妈作保，钱一定不会丢，不会少。尤其是，原该三十个铜板换一枚银角子的，我只要积到廿七八个，就要跟妈妈换银角子了。好开心啊，钱存不存银行都没关系，何况银行是个什么样，我根本不知道。妈妈的银行——那个针线盒，才是实实在在的。

也不知什么时候，母亲真把我的钱和她自己的钱都交给城里的叔叔去存银行了。我摇摇针线盒没有叮叮当当的声音了，总有点不放心，就对母亲说："我现在想想还是存在钱庄好，我们可以一同到镇上，自己存进去。"母亲说："你放心，叔叔有存折给我的，有多少都记在上面，少不了的。"我也就放心了。

又不知过了多久，有一天，母亲把折子拿给我的老师看，问他："这里面一共是多少钱？看我的心算跟总数合不合呢！"

老师看了下，奇怪地说："大嫂，你弄错了吧，这里面的钱都已取光啦。"

"你说什么？"母亲知道老师是正正经经的人，不会跟她开玩笑的，她已经在发抖了。

"这是一本空折子，钱都一次次提光了。你是托谁存托谁取的呀！"老师一脸的茫然。

"是托阿叔的呀！只有一回回的存进去，从没取出来过，里面还有小春的钱呢。"

"没有了，老早没有了。你捏着的是一本空折子。"

我在一边马上大哭起来，跺着脚喊："妈妈，我要我的钱，叔叔拐了我的钱，他好坏，他是贼。"

我越哭越伤心，母亲脸都气白了。半晌才大声喝道：

"不要哭，也不许骂人。自己好好读书，多认几个字，把算盘学好，就不会给别人欺侮了。"

她已泪流满面，我只好忍住哭，拉着她的衣角说：

“妈妈，你也不要哭了。我们再从头来过。这回我们就把洋钱角子统统放在针线盒里，不要存银行，也不要存钱庄，把针线盒天天放在枕头边，就放心了。”

老师叹口气说：“存银行存钱庄都一样，就是要托个可靠的人。小春，你要快快长大，帮你妈妈的忙。”

我心想，我已会背九九表，妈妈会心算，但又有什么用呢，钱已经没有了呀！我常常把九九表背得七颠八倒，母亲总带笑地纠正我。从那以后我不敢背了，怕她想起被叔叔拐走的钱会心痛。我问她为什么不向叔叔算账，她说：“女人家辛辛苦苦积蓄点私房钱，有什么好声张的？我那点只是从买菜和粜谷子里省下来的。我若是跟他算账，他就会写信告诉你爸爸，算了吧，反正我也不花钱。”

我却是心中愤愤不平，山里的外公来时，母亲嘱咐我不要讲，我还是悄悄地一五一十告诉了外公。外公说：“钱不花，放在针线盒里、枕头底下，跟存在银行里一样。小春，你以后还是把滚铜板、踢毽子赢来的钱统统给你妈妈，她喜欢听叮叮当当的声音，你也有新鲜黄鱼和奶油饼干吃，多好啊！”

因此，我还是最喜欢那个可以捧在手里，摇起来叮当响的针线盒，我就叫它“妈妈银行”。

我长大以后，父亲把我带到杭州读中学。母亲有很长一段时间仍住在乡间，我就把压岁钱托人带回给她，随便她存钱庄还是仍放在“妈妈银行”里。我是希望她买点补品吃。暑假回乡时，老师告诉我，“你妈妈每回收到你的银洋钱，都要叮叮地敲一阵、凑在耳朵边听一阵，听了再敲，敲了再听，弄得五叔婆好羡慕，就怨她儿子不孝顺，没带银洋钱给她。”

我想起那个拐我们钱的城里叔叔，问母亲他后来怎样了。母亲叹口气说：“他苦得很，讨了个城里的女人，两个人都抽上了大烟，连乡下的房子都卖掉了。”

我也十分感慨，一个不忠实的人，再加上恶疾，终归落得一生潦倒。

有一次他回到乡间来，母亲看他衣衫褴褛、鞋袜都前通后通了，忍不住就给他钱去买衣服。我想起当年母亲辛苦积蓄被他拐走的心痛神情，仍不免泫然。但母亲一点也不计较他对她的不诚实，反而在困难时再接济他。

好心的母亲啊！如果您是个百万富豪，真的开一家“妈妈银行”，您将会救济多少的贫寒之人呢？

妈妈，我跌跤了！

小时候，我是个胖嘟嘟的笨娃儿，走路摇摇晃晃，一不小心就跌跤。有一次，跨厨房门槛时跌倒了，我生气地躺在地上不起来，尖起喉咙喊："妈妈，我跌跤了。"谁知妈妈竟连看也不看我一眼，只顾拿着锅铲炒菜。我越生气越大声地喊："妈妈，你没有看见我跌跤了吗？"妈妈转过脸来，慢吞吞地说："跌跤了就爬起来嘛。"我说："我膝盖好疼啊！"妈妈笑了，越发慢条斯理地说："你膝盖是豆腐做的呀？"我说："门槛太高，把我绊倒了，膝盖都碰紫了呀。"妈妈不说话了，也不走过来扶我。在灶下添柴烧火的五叔婆说："对呀，门槛太高，是门槛不好，把你绊倒了，快用拳头捶门槛吧。"我握住小拳头，正要捶门槛，妈妈放下锅铲，走过来大声地说："起来，是你自己不小心跌跤的，怎么怨门槛。再赖着不起来，我就要打你了。"我吓得一骨碌爬起来，噘着嘴，想哭又不敢哭。但也并不向五叔婆身边跑。因为都是她叫我捶门槛，惹妈妈生气的。

我站在门边，半天不敢往妈妈身边跑。妈妈已炒完菜，坐在长板凳上，似笑非笑地看着我。我这才一步步挨上前去。她把我拉到怀里，慢声细气地说："走路要小心，做什么事都要小心。做错了就想想看，是怎么错的。不要怨别人。"我抽抽噎噎地说："我是想过了，是门槛太高，把我绊倒的呀。"妈妈笑嘻嘻地说："门槛是高了点儿，但你天天在跨进跨出，今天又不是第一次。跨高门槛，脚要高点儿，就不会绊倒啦！绊倒了也就自己爬起来嘛。你这样躺在地上喊妈妈，不是耍赖吗？妈妈不喜欢你这样。"

我呆呆地听着，眼睛一直盯着妈妈看。看她脸上已一点生气的样子都没有了。我才抹着眼泪说："妈妈，我下回不耍赖了，跌跤了就爬起来，我要小心走路。阿荣伯伯说的，小姑娘脸上跌破了有个疤，就是破相。"我还没说完呢，五叔婆马上接着说："对呀，破了相的姑娘，长大了有谁要呀！"我好生气，跺着脚喊："五叔婆，我不要你管。"我又抽抽噎噎地哭起来，为什么五叔婆要这样对我冷一句热一句的呢？

妈妈一声不响，只把我紧紧抱在怀里。用暖烘烘的手，抹去我的眼泪，好久好久，她才附在我耳边轻声地说："听妈妈话，不要哭。五叔婆是很疼你的呀。"

我仰脸看见妈妈眼中也满是泪水，才赶紧忍住不再哭了。我不愿妈妈为我伤心。阿荣伯伯说的：“母女连心。女儿哭，妈妈心疼。女儿不乖，妈妈心碎。”我紧紧抱住妈妈喊：“妈妈，我乖了，你不要哭啊？”

五叔婆愣愣地看着我们半天，忽然叹口气说：“看你娘儿俩多亲昵？我就没哪个喊一声娘，劝我别生气、别哭。”

我听了好难过，才知道五叔婆没有儿女在身边，很孤单，很苦。我也愈发感到妈妈搂着我的温暖和幸福。

晚上临睡时，妈妈柔声对我说：“小春，以后记得不要再惹五叔婆生气。长辈们都是心事重重的啊！”

看妈妈眼中汪着泪水，我好像一下子明白了，妈妈也是心事重重的人。我以后再也不顽皮、不耍赖，免得妈妈为我太操心，才是孝顺女儿啊！

母亲的教导

有一年在爱荷华农庄作客，美国老友手工精巧，她用毛线教我做小狗，一面喊八岁的孙女把小狗尾巴接上，把会转的眼睛贴上，我们老老小小一起做，一起唱歌，觉得那只三人合作出来的小狗都在对我们笑呢。她又拿一块柔软的布，叫孙女帮着擦盘碗、抹桌子，我说："她太小，瓷器玻璃恐怕会打破。"她摇摇头说："不要这样想，你要相信她会谨慎小心的，即使打破一只，以后再也不会了。你如总不放心她做事，她长大了就对任何事都没自信心了。"听了她的话，我好感动，也深悟训练孩子，言教不如身教的道理。

我母亲是农村妇女，她也懂得怎么教育我做家事。农忙时，她特别扎一个扫把，要我帮着扫地上的碎谷子，"扫起来送给咯咯鸡吃。"她这样一说，我扫得更起劲了。她做糕时，我在边上帮着揉粉加糖。绣花时，我帮着理丝线穿针。农家生活简朴，那时没有像今日的电动玩具或儿童乐园，但厨房就是我的乐园，母亲就是我的游伴，也是我做手工的导师。长大后念中学，假期回家，总不忘帮母亲切菜做饭，她说："书念好了不够的，总要知道饭是米煮出来的呀！"三八妇女节来临时，我对她解释女权与妇女运动的意义，她把拳头一伸说："我的一双手做好多事，拳头越来越大了。我又忙进忙出一天跑到晚，运动还不够呀？"她真是幽默大师呢！

妈妈的小脚

母亲在少女时代，最遗憾的就是没有一双秀气的三寸金莲。因为她是长女，要带着弟弟帮双亲在田间工作。缠脚稍晚，就收不小了。自从她十六岁订婚以后，新郎在外地求学，迟迟不归。她默默地担着心事，左等右等，等到十九岁才成婚。她心里想，新郎一定是嫌她的脚不够秀气的。

没想到母亲结婚以后，父亲第一件事就是先劝她解掉十多尺长的裹脚纱，把小脚放大。免得走路摇摇晃晃，一副吃力的样子。可惜母亲虽然把裹脚纱解开了，脚却再也放不大。因为脚趾骨已折断，不能恢复原状。就算套上松松的尖头袜子，走起路来仍旧摇摇晃晃，弱不禁风的样子。

其实母亲并不是真的弱不禁风。她整天、整年地忙进忙出，侍奉公婆和丈夫，安排长工们田间的工作，照顾他们的饮食。每天上午十时、下午四时的接力（点心），总是别出心裁的有变化。连顽皮捣蛋的哥哥和刚会走路的我，都吃得肚子鼓鼓的像蜜蜂，飞来飞去扰着她。她一双变形的小脚，负荷起一家的重担，从没喊过一声疼。

我逐渐长大以后，时常帮她提着一木桶饲料，跟在她后面，学着她摇摇晃晃的姿态，去猪栏边喂猪。也时常看她忙完一天的家务，在硬邦邦的长凳上坐下来，揉着脚后跟轻声地说："好疼啊！"我也在高门槛上坐下来，学着她揉着脚后跟说："好疼啊！"她轻轻拍了下我的肩膀，笑眯眯地说："你若是知道疼就好了。"

过了几年，父亲从北平下任归来，带回一位"如花美眷"，她是旗人，有一双长长的天足。一进门，母亲用吃惊的眼神，把她从头看到脚。一声不响地回到自己房间里，对着镜子照了半天，叹息了一声，怅惘地对我说："原来你爸爸是喜欢大脚的。我当初不缠脚就好了。"

和妈妈同生肖

我自幼怕冷，冬天里脚手冰凉。阿荣伯说因为我是属蛇的。我说:“妈妈也属蛇，为什么她的手是暖烘烘的呢？”阿荣伯说:“因为你妈妈整天忙碌，脚手就暖了。妈妈是勤快蛇，你是懒惰蛇哪。”我咯咯地笑了。

有一个深秋夜晚，我躺在床上看故事书，忽听墙脚嘶嘶之声，原来是一条灰白大蛇向我们爬来。我吓得发抖，妈妈不慌不忙，拿起衣橱边的阳伞，把伞柄伸过去，嘴里念着：“出去吧，出去吧。”妈妈似有降龙伏虎之功，阳伞变成魔伞，蛇竟乖乖地把头缠在伞钩之上，慢慢游出房门去了。妈妈立刻爬上床，紧紧抱住我，原来她也在发抖呢。我问妈妈蛇为什么要来呢？妈妈想了一下，笑起来说：“因为我俩都属蛇，它来看看我们呀。”我搂得妈妈更紧些，觉得我们母女好亲，妈妈好勇敢啊！

有人说蛇出现，家宅不宁。妈妈说：“没有的事，只要心怀慈悲，不杀害生灵，凡事逢凶化吉。”听妈妈这么说，我也不再怕蛇了。

母亲的菩提树

我故乡老屋后院有一棵姿态很美，不大不小的树，不是扶桑，不是木碧，也不是名称好听的“翠玉藜”，只是那么一棵无名的树。长工阿荣伯在太阳下工作，热了就脱下棉袄往树枝桠上一扔。小帮工阿喜从田里捉来的田螺，篮子滴着水，湿漉漉地，也往树枝上一挂。母亲拉了把竹椅坐在树下做活儿。她说树叶的清香，熏得她眼皮直搭下来想打盹。她说：“不知怎么的，坐在树下心里就好舒坦。”

老师因此说，那是母亲的菩提树，在下面坐着会安心，会悟出大道理来。

有一天，发现树根长出一条藤，慢慢沿着树干向上爬。阿喜要把它剪掉，老师连忙阻止他说：“任何草木都是有生命有知觉的，不要去伤害它。”阿喜就不剪了。母亲俯身下去看，抚摸着小藤萝，好像它是树的小儿女。

好几回，我看见母亲一个人坐在树下，呆呆地好像在想心事。我也不去惊吵她，她大概在对树说话，或是许什么愿心吧？母亲常常对树许愿心的。

圣诞节，教堂里牧师给母亲送来一棵小小圣诞树。母亲把它摆在那棵树旁边，她说："圣诞树也是菩提树，看了叫人忘掉忧愁。"

母亲逝世已经四十五年，故乡老屋的那棵树还在吗？无论如何，它是永远长在我心中的。

编草鞋

早年农夫们穿的草鞋分两种，一种叫草鞋，一种叫蒲鞋。草鞋只有一层厚厚的底，前后各有一根长长的鼻梁，弯上来连着绳子，套过两边各四个圈圈，绑在脚背上，就像现代男女穿的最新式的凉鞋。蒲鞋的头是方方的。包上来像鞋子，也像一条方舟。草鞋是稻草编结的，供农夫下田工作时穿。蒲鞋是较精致的蒲草编结的，是工作完毕以后，洗了脚，穿上它享福的。蒲鞋的工比较细，所用工具也不同，所以都是向城里买，草鞋却多半由妇女们自己编结。

编草鞋，手工也有粗细之不同。结得好的，扎实又柔软，穿在脚上很服帖。手工差的呢，那就松垮垮的，没穿几次就不行了。

结草鞋的工具很简单，只一张矮矮的长凳，前头一个木架以便套两根绳子，成为四股，是草鞋的经。工作时，人跨坐在凳上，像踩自行车的姿势，把一条宽宽的腰带绑在身上，前面的绳子就拴在腰带的扣子上，绑得紧紧的。然后把稻草一小撮一小撮搓了套过四根绳，上下来回地编结。稻草在事前也要用木棍捶软，但捶得太过头了草会断，要恰到好处，所以捶功也是很重要的。

我家有位堂房四婶，她结的草鞋又软又结实，是村子里第一等的。大家都纷纷向她订购。她性情沉静，终日不言不语的，忙完了厨房里的工作，就到后面天井里坐下来编草鞋。她坐的姿势跟别人不一样，别人都是骑马式的，她却是斯斯文文地侧着身子坐。我看她这样扭着坐不舒服，问她为什么不正对前面的木架，两脚跨两边坐。她总是很不好意思地说："那多不成样子呀，女人家嘛。"

我母亲最喜欢四婶。每回她编结草鞋时，她都抽空去陪她，端张矮凳坐在边上帮她理稻草，修剪结好的草鞋。有时前后的鼻梁还要用牙去咬，把它们咬软，工作可真不轻松呢。

母亲擅长绣花，不大会编结草鞋。她总是夸四婶的草鞋编结得有棱有角的。别说穿了，看看都舒服。四婶就谦虚地说："不像大嫂会那么好的细工，就只有做粗活了。"两妯娌有说有笑，是她们忙里偷闲，最快乐的时光。

她们俩在工作时，当然边上一定少不了我这个捣蛋鬼。四婶手巧，兴致来时，会给我编一只迷你草鞋，好可爱。我就用细麻线拴起来，挂在襟前荡来荡去。这么游手好闲地看着她们工作，就是没有学会编，连帮着理一下稻草，修剪一下结好的草鞋都没耐心。母亲一训我，四婶就说："别逼她做，还是读书好。"母亲说："读书归读书，粗工细活也都提得起一点，长大了才晓得，万样东西都是辛苦做成的。"

于是母亲就讲起祖父上省城赶考的故事。

祖父赶考上路时，身边带了最大的一笔财产——两块银元，此外就是一袋麦饼，一小包盐，一串大蒜头。脚上穿一双草鞋，包袱里带一双蒲鞋、一双布鞋。赶路时穿草鞋，到客栈后洗了脚换穿蒲鞋。到了省城，再换穿布鞋。崭新的，才好体体面面的做客人。至于两块银元呢，一路上叮叮当当地在口袋里响着，绝舍不得兑换开来，因为是曾祖父卖掉一角田换来的。有麦饼充饥就很好了。住进客栈，就给旅客代写家书、看病开方、拆字命相，就把膳宿费赚下来了。母亲说："据你祖父说，连那双蒲鞋都只套几回，还全新的带回家来了。"

这些古老事儿，母亲和四婶说得津津有味，一遍又一遍的。我，一个顽皮的小丫头，哪懂得什么叫俭省。只觉得老一辈的人，太不会享福了。我若有两块白花花的银元呀，一到省城，第一件事就是马上换开来，先买一种叫做巧克力或朱古力的糖来尝尝。然后呢，拿几个角子买一双白底亮闪闪的缎鞋来穿上。进省城，怎么可以穿布鞋呢。祖父居然还会把一双蒲鞋都带回家来。这样的俭省法，不是连房子都要倒过来装银子了吗？可是我们家不但没有发财，却一直很穷。什么原因呢？母亲告诉我说："因为你祖父省的是自己，帮起别人的急难，可一点也不省呢。你可要牢牢记得，祖父穿草鞋进省城，带蒲鞋回来的事哟。"

她边说边用剪刀修剪草鞋。嘴里喃喃地念着："只要勤与省，稻草变黄金。"我眼睛定定地看着，忽然觉得她手里的草鞋，在太阳底下照着，好像都格外光亮起来。母亲和四婶，把一根根的稻草，都像黄金般的宝爱呢。

绣花

绣花，是母亲自认为最拿手、也最喜欢的一门手艺。她常常说:“眼看一朵朵的鲜花，在水蓝缎子、月白缎子上开放出来，心里真舒坦，仿佛自己脸上的皱纹都看不出来了。”

母亲说话竟是这般的文艺气息。其实她除了跟外公念过三字经、百家姓，还会背有限的几首千家诗之外，实在没有读过什么书。可是她形容起事物来，总是妙不可言。有一次，她边绣花儿边自言自语地说：“把厨房事儿忙完了，不捉点晨光绣绣花岂不可惜。”“捉”字说得多妙？她又说：“不过绣花总是愈绣愈觉得屋子里冷冷清清的，连绣花针掉在地板上的声音都听得见呢。”我顽皮地问：“妈妈，那样细的绣花针，掉在地板上，会叮当一声响吗？”母亲没有回答。坐在边上拨着念珠陪母亲的姑婆笑笑说：“你一个九岁的小东西，哪里懂？”

五叔婆总喜欢在屋子里无事忙地绕来绕去，忽然插嘴道：

“我就不花心思绣这种磨人的花。有钱就去城里买双花缎鞋子来穿，多省事？想起当年做新娘的时候，那双绣花鞋是后娘给的，上面绣的是桃花，没穿多久就在鞋尖上破了个窟窿。五叔公后来做生意赔了本，就怨我那双鞋子不该绣桃花。桃花不经久，开过就谢。人家都绣的是梅花喜鹊，那才喜气洋洋，才吉利呀。我后娘一定没安好心眼儿，才给我绣双桃花鞋子。桃花、桃花，好运气都逃光了。”

听得姑婆与母亲都只是抿嘴儿笑。姑婆与五叔婆完全不一样，一派大家闺秀风范，一举一动，斯斯文文，说话细声细气，从不怨天尤人，父亲母亲最敬重她，她也绣得一手好花。只是上了年纪，不再绣了，就天天拨着念佛珠念佛。

姑公爷（家乡对姑祖父的称呼）去世得太早，他们结婚不到十年，姑婆才二十多岁的少妇就守了寡，守着几亩薄田，把一男二女抚养成人。她是山乡一带与全村全镇有名的贞节烈女，人人都敬重她，母亲更是尊敬服从她，侍奉她像自己母亲一般。因此我也很爱姑婆，母亲忙碌的时候，我就在姑婆怀里蹭来蹭去。

看母亲绣花，我也吵着要绣。姑婆就会找块彩色绸子，剪成一只鞋面，用糨糊和纸贴得硬硬的，穿了丝线教我绣。可是我一抽丝线，就会打结。姑婆总是说：“慢慢来，绣花要捺着性子。这是姑娘家第一要紧的。”母亲也不时伸过头来看我几眼说：“绣得满好的。把绣花学会了，将来出嫁就不会给婆婆嫌五个指头并在一起的了。”我噘起嘴说：“我才不要有个婆婆管呢。我将来要文明结婚。我不要穿平底绣花鞋，我要穿最新式的织锦缎的高跟鞋。”对于闻名已久的“杭州织锦缎”与“高跟鞋”，我真是做梦都常常梦见呢。

母亲绣花的时间，多半在吃过中饭以后，下午烧“接力”以前（接力是家乡话，烧给长工吃的点心，接一下力的意思）；晚上呢，都在厨房洗刷完毕以后，就着摇曳的菜油灯绣花，那时我往往已上床呼呼入梦了。

白天绣花，母亲偶尔会伸个懒腰，打个哈欠。我就问：“妈妈，五叔婆都睡午觉，您为什么不睡？”母亲说：“没听说早起三朝抵一春吗？多少事儿要做，哪里还睡午觉呢？”我又说：“看您眼皮耷拉下来，都要用灯草来撑了（这也是母亲最爱说的形容词）。睡眼蒙眬的，绣出的花儿就不漂亮了。”母亲说：“你放心，我从小绣花绣到大，摸黑都会绣出朵朵鲜花来呢。”她把手里已经绣好两朵的梅花，伸得远远的，眯着眼儿横看竖看，非常满意的样子。我一看，真是好鲜活、好漂亮啊。

母亲喃喃地念着：“这双拖鞋面寄去给你爸爸过年穿，还要再绣一双……”我抢着说：“给我。”母亲瞪我一下说：“你小孩子穿什么绣花拖鞋？”我奇怪地问：“那么给谁呀？”母亲停了半晌，才低声地说：“给你那个如花似玉的二妈。”我马上暴跳起来喊：“您为什么要给她绣，为什么？”母亲叹口气说：“你不懂，我若只绣一双，你爸爸就会把它给了她穿，自己反而不穿。倒不如索性一口气绣两双，让他们去成双作对吧。”

母亲说这话时，声音是一种特别的斩钉截铁。姑婆一直听着，把念佛珠拨得啪嗒啪嗒格外的响。穿来穿去的五叔婆也听见了，尖起嗓门说：“世间真有你这种人，花这种冤枉心思。”姑婆忍不住了，也稍稍提高声音说：“五嫂，您别这么说，她的心思您哪里会懂？”

我觉得五叔婆那种暴跳如雷的草包性格，真是比我还不懂母亲的心意呢。

母亲的绣花手艺是村子里闻名的。村子里若有姑娘出嫁，都会来向母亲讨花样，请她教导她们配丝线颜色，告诉她们应该用几号的丝线等等。母亲都一一仔细地指点她们：梅花要淡、海棠花要鲜、牡丹花要艳。着针时都要从花心向外绣，里深外浅。叶子也是一样？浓浓浅浅的，看去才有远远近近，母亲不是个会画画的艺术家，可是竟然懂得现代的所谓“透视”与“立体感”呢。

后来我念中学以后，念到两句词："换雨移花浓淡改，关心芳草浅深难。"仔细体味着，岂不正是母亲绣花时的心情？我就写信给母亲，把这两句词抄给她，并用白话详细给她解释。她自己不会写回信，是托二叔给我写的。信里说："你抄的两句诗句真好，二叔念起来，音调愈听愈好听，我真是好喜欢。可惜自己从小没好好念书，不会读诗读词。以后你若是读到像这样好的句子，捉摸着是我喜欢的，就给我抄来，细细解说一下。二叔一念出调子来，我就会记住的。"

二叔在信末附一笔说："你母亲把这两句词翻来覆去地念，还听她边做事边哼呢。我觉得你母亲的心情，真是比'换雨移花'还恍惚。她关心的，又岂是芳草呢？"

读着信，想起母亲低头默默绣花时的神情，想想她连绣花针掉在地上都听得见的那份刻骨的寂寞，不由得心头阵阵酸楚。我究竟已长大，懂得母亲的心了。原应当时刻在母亲身边，陪她谈心解闷的，却为了求学不得不远离她而去。我只有多多给她写信，以解她的远念，但又不忍再抄那样感伤的句子，触发她的心事。真是"人生识字忧患始"，我宁愿母亲重温她少女时代轻松的小调："阿姐埠头洗脚纱，脚纱漂起水花花……"那样或许多少还可以使她忘忧解愁于一时吧。

穿花球

一想起母亲教我穿的花球，就会想起清明节。因为花球是清明节上坟时，挂在树梢上的。鲜花穿在一起的花球，在绿叶中迎着风儿飘来飘去，真是好可爱。至今这情景常在我梦中出现。今年的清明节农历三月初四，正好是台湾的儿童节呢。

说起儿童节这个名词，在我们那个时代是听也没听说过的。因为我们小时候，只知道要听大人的话，要尽量帮大人做事，哪里会特别订个日子，让我们玩个畅快呢？

事实上，我们乡下的节目好多好多。简直天天在过节、时时在过节。比如说采山楂果、插秧、打麦子、犁田车水、做纸……大人们忙得不可开交的日子，小孩子就像过节似的兴奋起来了。帮大人做事，哪怕只用个小竹篓、小畚箕拴在身上，跟在长工后面追来追去帮倒忙，总会有得吃、有得喝的，小肚子撑得跟蜜蜂似的。那份快乐就跟过年过节一模一样。

清明节当然是一个慎终追远、扫墓祭祖的重要节日。小学与私塾都要放假一天。因为孩子们要跟着上坟、烧纸钱、放鞭炮、分米糕、放风筝。鞭炮放得响，风筝放得高；表示家业兴旺、子孙绵延。因此，小孩子在上坟这一天是很重要的人物。

我是个女孩子，坟坛的高处是不准爬上去的。但上坟不能不去。于是母亲就把族里几个女孩聚在一起，教我们穿花球。母亲早已教会了我，就由我当小老师教同伴做。采摘院子里墙脚边小小牵牛花，有紫色、粉红色、白色的多种。这种花只开放半天就收缩起来像个拳头。所以要趁着盛开时摘下，要连花萼一起摘。仔细地剥起花托，就出现一粒绿色小珠子，珠上一条细丝就是花蕊正中间那一根，把珠子轻轻往后抽，珠子就垂下来了，这样一朵朵抽好以后，再用一根针线，把花绕圈儿穿起来，穿成一个球形，四面八方的珠子挂下来荡来荡去，非常美丽。一个花球，大约要二十朵左右的花。可以红白相间。反正野花满园都是，可以做好多个花球。把它挂在祭品的担子上，一路挑上山去。

花球是我家清明上坟的特色，也是我最得意的绝活。为了做花球，家庭教师答应放假一天。因此我也跟乡村小学的学生似的，过一天像现在一样的儿童节。

可是家庭教师不太赞成采摘那么多花儿来穿花球，他摇摇头说："山花山草，自自然然地生长，自由地开，自由地谢。你把它们摘下来，不是摧残生命吗？"我把这话告诉母亲，母亲想了半天，想出个道理来，她说："花儿只开一天就谢了。我们把它穿成花球，多开些时光，把花香与颜色供给菩萨与祖先享受，不是更好吗？而且花木不像鸡鸭有血有肉有骨头，把鸡鸭杀了吃到肚子里，那才真罪过呢。"我咯咯地笑了。母亲问我笑什么，我说："妈妈不是也叫长工杀鸡鸭吗？"她把脸一放说："我反正不吃，罪过是你们的。"

亲爱的妈妈，她原是吃素念佛的。穿花球的快乐事儿，才是她喜欢做的呢。

虎爪

今年是虎年，我陡然想起了我的虎爪。

那是整整六十年前，我九岁的时候，母亲把它用红棉绳拴了，挂在我的脖子上，我嫌它难看，又有点害怕，就把它塞进贴肉的粗布肚兜里面。爪子尖有时刺到我，害得我夜里做慌梦，就把它脱下来放在母亲的针线盒里了。

虎爪是怎么来的呢？那是有一个大清早，我正跟母亲跪在蒲团上念经，却听得一群人拥到我家门口敲锣打鼓地喊："老虎打倒啦，打倒老虎啦！"母亲和我都忍不住奔出去，看见几个村子里的壮汉，用一条木板凳扛着一条比狗大一点，满身深浅黄条纹的山兽，放在我家大院子里，那一定就是老虎了。它趴着一动不动，眼睛紧闭着，血从肚子底下一滴滴流在水泥地上，它已经被打死了。

母亲连声念阿弥陀佛，我不敢多看，回头就跑进屋子了。

却听一个壮汉对母亲说："老虎肉要吗？吃了冬天不怕冷哟！"母亲说："不要！你们快走吧。罪过死了。"壮汉说："什么罪过，老虎最恶毒，会吃人的。"母亲说："你不去伤它，它也不会吃你的。"壮汉说："太太，你太慈悲了，人都没那么好，别说畜生了。"母亲生气地说："你们把虎扛走，要把我地上的血水冲干净，大清早的，怎么扛来只打死的小老虎，母老虎才不和你们罢休呢。"壮汉大笑说："母老虎来了，再把它打来，老虎皮、老虎骨都好值钱哪。"母亲不想再听下去，就进来了。

她跪在佛前，合掌闭目念往生咒，念了一遍又一遍。我心里一直在想着那闭着眼睛趴着一动不动的小老虎。它妈妈一定到处在找它，一定哭得好伤心。

果然，后山的老虎，出没悲号了好多天，村子里再没一个人敢去打它，好多日子后，才不再听到声音了。

很多天以后，五叔婆却从口袋里摸出一只小小的虎爪子，递给母亲说："小春看见过那只死掉的老虎了，我特地买来它这颗爪子，挂在她身上，以后才会平安没事。"母亲呆呆地半晌才接过来，放在饭桌上。五叔婆走开以后，母亲对我说："虎爪是辟邪的，我把它用银子镶了给你戴。"我说："妈妈，我不要戴虎爪，我好怕，一看见它就会想起可怜的小老虎，和失去孩子的伤心母老虎。"母亲笑了下说："你心肠这么好，挂了它，就常常记得念经超度那只小老虎吧。”母亲的好意我不忍心违背。不久她真的把虎爪镶了银托子给我挂上，我还是把它脱下来了。

出门求学时，我没有带着虎爪，它一直放在母亲的针线盒里。直到我毕业回到故乡，母亲已经去世，她的针线盒也不知去向了。整理她的衣物时，却发现虎爪竟然和我的一件旧短袄包在一起，红棉绳已剪短，拴上了一个小小红缎包，打开一看里面是一本小小的《心经》。想想母亲一定还是记挂着那只小老虎，所以把虎爪和《心经》拴在一起，求菩萨超度它。母亲又把它们和我的短袄包在一起，明明是不放心我只身在外，要虎爪为我辟邪，求菩萨保佑我平安。

母亲遥远的挂念，无言的祝福，我竟懵然不知。抚摸着小小的虎爪，我又想起那只被杀害紧闭眼睛的乳虎，和终日悲鸣的母虎。我更体会到母亲对我的担忧该有多么的深！

虎爪和小本《心经》，由于战乱搬迁，再也找不到了。六十年为一甲子，如真有轮回的话，那只小老虎想来已业障早满，转世为人了。但愿在人世不要再有母子生离死别之苦。可是充满忧患的人生，这样的愿望，要多么有福的人，才能达到呢？

菜干

旧式农村，自种蔬菜，故可一年四季取之不尽，吃之不竭，但为了记合荤腥，调节口味，除了现拔现摘、现炒现吃的新鲜园蔬之外，家家户户都要在冰雪严寒的冬天，腌制咸菜和菜干。在春夏之交晒菜心，以便随时补蔬菜之不足。

菜干就是干菜，（我家乡土话许多名称都倒一下，例如拖鞋称鞋拖，罩袍称袍罩。）沪杭人称干菜为霉干菜。顾名思义，是要略经发酵，才会转为深咖啡色或黑色，要越乌黑的越香。这也是母亲一双“魔手”特有的技艺。所以夏天里，左邻右舍，都来我家要点乌黑油亮的菜干炒肉末下稀饭吃，非常爽口。

菜干的腌制过程，不像咸菜那么简单。先要整理出大小均匀的青菜，一棵棵用布擦净，一片片撕开，加适量的盐揉透，铺在簟上吹风至半干后收入瓮中，待若干时日后，开启时闻到一股触鼻的霉酸味，再取出切碎，置蒸笼中蒸熟，再取出在大太阳下晒干，干得跟茶叶一般，那就放多久都不会坏了。有的人家为了省钱，只晒不蒸的。

我家的菜干特别乌黑，特别香软，原因何在呢？那是因为母亲在和盐搓揉时，加入少许“老酒汗”。老酒汗又是我家乡一种上等酒的名称，是拿自制的黄酒用大火蒸，滴下来的蒸汽就是“酒汗”，也就是“白干”，比美国的“约翰走路”香得多了。次一等的叫烧酒，那是由酒糟蒸的，酒性烈，远不及酒汗来得醇厚。酒汗有防腐之功。此外，母亲还加进一些黄沙糖，可以帮助发酵，这是外公教的。外公说，这两样东西，别家是舍不得的，这才是“潘宅菜干”的特色。

三四月里，田里的油菜最多时，母亲还晒嫩嫩的油菜心。那是将尚未开花的油菜摘下嫩顶，洗净后在滚水中捞一下，取出沥去水铺在竹簟上让烈日晒干，完全像现在的脱水菜。然后理得齐齐整整，一捆捆扎好，再用布袋包了，寄到遥远的北平给父亲尝新。看母亲一针针缝布袋时的神情，不只是在做一件工作，而是把一缕缕、一丝丝思念远人的情意，都和在嫩菜心里了。

母亲做完干菜心和菜干，一副心满意足的样子。干菜心是煨肉吃的，她自己很少吃，贵客来了才烧，因为太好吃了，总是吃得光光的，我只能倒点卤汁拌饭吃。

外公来时，母亲就一定煨一大碗给他老人家享受，我跪在长凳上看外公大口大口地吃菜。我问：“外公，你为什么不吃肉呢？”外公说：“娘边的女儿，肉边的菜，肉边菜最好吃，娘边的女儿最享福。”

直到现在，我每吃肉边菜就会想起幼年时偎在母亲身边的幸福时光。

菜干煨肉当然也是一道好菜。乡下人俭省，除了过年时才煨，平时都是用油渣炒菜干，炒一大钵子可以吃十天半月都不会坏。记得有一次去邻居家吃尝新酒，一盘猪肝都一片片干得翘起来，底下全垫的菜干，看看猪肝都发霉了。原来乡下规矩，猪肝是摆样子，不能吃的，等尝新酒的一阵热闹过去以后，才拿来炒豆干，还当一道名菜呢。因为乡下人一年只养一头猪，而一头猪只有一副肝啊。

母亲说：“一副肝也好，两副肝也好，我是不吃这样血腥东西的。”她吃得最多的是菜干炒豆干末。炒得香喷喷的，有时她还用菜干冲汤喝，像泡菜似的。她一边喝汤，一边就念“菜干经”。

菜干经的词儿，我一字不漏地都记得，是这样的：“菜干菜干经，撮把菜干泡碗汤，喝到心里妙荡荡。西方路上有金桥，有福之人桥上过，无福之人桥下过。妻呀妻，伸手来（念ㄌ一）、带我去（念ㄎ一）。当初奴家去拜佛，剃掉了头发轮飞飞。你捣碎了我的经盘，又撕破了我的粗布衣，该有多罪过啊，你……”

“外公，什么人剃掉头发，什么人撕掉粗布衣呢？”我傻乎乎地问。外公摸着胡子呵呵笑道：“问你妈妈吧。”母亲总是笑而不答。

此情此景，历历在目。

中个女状元

记得小时候，母亲总在厨房里忙得团团转，叫我走开别缠她。还生气地说："我真要去跳潭了。"吓得我连忙躲到姑婆怀里，慈爱的姑婆搂着我，捏起我的小胖手，低声唱："十指儿尖尖会绣花，双脚儿尖尖会当家。"母亲却马上说："我要她一双大脚跑天下，十指尖尖写文章，写的文章长又长，将来中个状元郎。"姑婆说："听见没有？把书念好，字写端正，长大了要考个状元郎哟！"我看母亲一会儿生气，一会儿笑，就噘起嘴说："妈妈还说要去跳潭呢，一直也不跳。"姑婆轻轻拍了下我一巴掌说："你这个笨丫头，你妈妈跳了潭，你还活得了呀？"母亲听见了，走过来摸摸我的头说："你还没长大，我怎么能跳潭，我还等着你中女状元呢。"

我知道女状元就像戏台上穿大红袍、帽子上插了两枝花的大官，好神气哟。就在心里想，一定要多认识几个方块字，把作文作好，考个女状元，让妈妈和姑婆高兴。

考个女状元是我童年的梦，一直伴随着母亲的笑影泪光，牵引着我长大。可是中学六年，由于数理成绩较差，很少能争取到全班第一名，心中十分懊恼。幸得在上海念大学时，有一次四所教会大学联合举行作文比赛，题目是《中学六年级作文集序》。由于我背的古文较多，这个题目写来得心应手，竟得了第一名。马上写信告诉母亲。叔叔来信说，母亲笑得几天都合不拢嘴，告诉左邻右舍，说我真的中了女状元了。

大学一毕业，我连忙寄一张戴方帽子、披学士袍的照片给母亲。叔叔又来信告诉我，母亲把照片放在枕头边，每天早晚都捧在手里，眯起近视眼看了又看。对姑婆说："有这样争气的女儿，我不用去跳潭了。"

亲爱的母亲啊！您哪里知道，时代不同了，大学毕业生满坑满谷，戴顶方帽子，哪里能跟古时候穿大红袍的状元郎相比呢？

但无论如何，那毕竟是母亲唯一的安慰，也是我最大的鼓励。

从大陆到台湾后，为了生活，用非所学地进了司法界当一名区区的记录书记官。不久由台湾司法机构调司法人员训练所受训，以成绩优良，结业时名列第一。外子捧着我那张编了第一号的结业证书，笑对我说："这一次你总算如愿以偿。"我茫然地望着他，他解释说："因为'书记官'的名称，听起来好歹也像是个'官'吧。何况你又是第一名，证书是台湾地区最高司法机构所颁，不等于中了女状元吗？"如此说来，我也算过了"官瘾"了。

记得当时司法界前辈林纪东教授曾当面嘉勉我，劝我参加司法官考试，我却以无信心也无兴趣，辜负了他的好意。何况即使真的当上了司法官，威风如披大红袍的女状元，以我优柔寡断，狠不起心肠的性格，恐怕当不了三天官，就要"解甲归田"了。

所幸的是"中个女状元"的童年美梦，使我永远像伴随在慈母身旁，兢兢业业地读书、写作。中不了"女状元"，反倒"无官一身轻"呢！

第三部

三更有梦书当枕

三更有梦书当枕

——我的读书回忆

我五岁正式由家庭教师教我“读书”——认方块字。起先一天认五个，觉得很容易。后来加到十个，十五个，越来越多，也越来越快。而且老师故意把字颠三倒四地让我认，认错了就打手心。我才知道读书原来是这么苦的一回事，就时常装病逃学，母亲说老师性子很急，想一下把我教成个才女，我知道以后一定受不了，不由得想逃到后山庵堂里当尼姑。母亲笑着告诉我尼姑也要认字念经的，而且吃得很苦，还要上山砍柴，我只好忍着眼泪再认下去。不久又开始学描红。老师说：“你好好的描，我给你买故事书。”故事书有什么用？我又看不懂？我也不想看，因为读书是这么苦的事。

最疼我的老长工阿荣伯会画“毛笔画”，就是拿我用门牙咬扁了的描红笔，在黄标纸上画各色各样的人物。最精彩的一次是画了个戏台上的武生，背上八面旗子飘舞着，怀里抱个小孩，他说是“赵子龙救阿斗”，从香烟洋片上描下来的。他翻过洋片，背面密密麻麻的字，阿荣伯点着一个字一个字地念，有的字我已经认识，他念错了，我给他改正，有的我也不认识。不管怎样，阿荣伯总讲得有头有尾。他说：“小春，快认字吧，认得多了就会读这些故事了，这里面有趣得很呢！你认识了再来教我。”

为了要当他的老师，也为了能看懂故事，我对认字发生了兴趣。我也开始收集香烟洋片。那时的香烟种类有大英牌、大联珠、大长城等等。每种包装里都有一张彩色洋片。各自印的不同的故事：封神榜、三国演义、西游记、二十四孝都有。而且编了号，但要收齐一套是很难的。一位大我十岁左右的堂叔，读书方面是天才，还写得一手好魏碑。老师却就是气他不学好，不用功。他喜欢偷酒喝、偷烟抽，尤其喜欢偷吃母亲晒的鸭肫肝。因此我喊他肫肝叔。他讲“三国”讲得真好听，又会唱京戏，讲着讲着就唱起来，边唱边做，刘备就是刘备，张飞就是张飞。连阿荣伯都心甘情愿偷偷从储藏室里打酒给他喝。我就从父亲那儿偷加力克香烟给他抽。他有洋片都给我。我的洋片愈积愈多，故事愈听愈多，字也愈认愈多了。在老师面前，哪怕他把方块字颠来倒去，我都能确确实实地认得。老师称赞我“天分”

很高，提前开始教“书”，他买来一本有插图的儿童故事书，第一天教的是司马光的故事，司马光急中生智，用大石头打碎水缸，救出将要淹死的小朋友。图画上一个孩子的头伸出在破缸外面，还有水奔流出来。司马光张手竖眉像个英雄，那印象至今记得。很快的，我把全本故事书看完了，仍旧很多字不认识，句子也都是文言，不过可以猜。不久，老师又要教诗：“一去二三里，烟村四五家，亭台六七座，八九十枝花。”诗原来还可以数数呢。后来肫肝叔又教我一首：“一片两片三四片，五片六片七八片。九片十片无数片，飞入梅花都不见。”似乎说是苏老泉作的，我也不知道苏老泉是谁，肫肝叔说苏老泉年岁很大才开始用功读书，后来成为大文豪，所以读书用不着读得太早，读得太早了反而变成死脑筋，以后就读不通了。他说老师就是一辈子读不通的死脑筋。只配当私塾老师。他说这话时刚巧老师走进来，一个栗子敲在他头顶上，我又怕又好笑。就装出毕恭毕敬的用功样子。可是肫肝叔的话对我影响很探，我后来读书总读不进去，总等着像苏老泉似的，忽然开窍的那一天。

八岁开始读“四书”，《论语》每节背，《孟子》只选其中几段来背。老师先讲孟子幼年故事，使我对孟子先有点好感，但孟子长大以后，讲了那么多大道理我仍然不懂。肫肝叔真是天才，没看他读书，他却全会背。老师不在时，他解说给我听："孟子见了梁惠王，惠王问他你咳嗽呀？（王曰叟）你老远跑来，是因为鲤鱼骨卡住啦？（亦将有以利吾国乎？故乡土音'吾''鱼'同音。）孟子说不是的，我是想喝杯二仁汤（亦有仁义而已矣）。"他大声地讲，我大声地笑，这一段很快就会背了。老师还教了一篇泰坦尼克号邮船遇险记。他讲邮船撞上冰山将要沉没了，船长从从容容地指挥老弱先上救生艇，等所有乘客安全离去时，船长和船员已不及逃生，船渐渐下沉，那时全船灯火通明，天上繁星点点，船长带领大家高唱赞美诗，歌声荡漾在辽阔的海空中。老师讲完就用他特有的声调朗诵给我听，念到最后两句："慈爱之神乎，吾将临汝矣。"老师的声调变得苍凉而低沉，所以这两句句子我牢牢记得，遇到自己有什么事好像很伤心的时候，就也用苍凉的声音，低低地念起："慈爱之神乎，我将临汝矣。"的确有一种登彼岸的感觉。总之，我还是非常感激老师的，他实在讲得很好，由这篇文章，使我对文言文及古文慢慢发生了兴趣，后来他又讲了一个老卖艺人和猴子的故事给我听，命我用文言文写了一篇"义猴记"，写得文情并茂。内容是说一个孤孤单单的老卖艺人，与猴子相依为命。有一天猴子忽然逃走了，躲在树顶上，卖艺人伤心地哭泣着，只是忏悔自己亏待了猴子，没有使它过得快乐幸福，猴子听着也哭了，跳下来跪在地上拜，从此永不再逃，老人也取消了他颈上的锁链。后来老人死了，邻居帮着埋葬他，棺木下土时，猴子也跳入墓穴中殉主了。我写到这里，眼泪一滴滴落下来，落在纸上，不知怎的，竟是越哭越伤心，仿佛那个老人就是我自己，又好像我就是那只跳进墓穴的猴子。确实是动了真感情的，照现在的说法，大概就是所谓的“移情作用”吧。老师虽没有新脑筋，倒也不是肫肝叔说的那样死脑筋，他教导我读书和作文，确实有一套方法。可惜他钉得太紧，罚得太严，教起女诫女《论语》时那副神圣的样子，我就打哆嗦。有一次，一段《左传》实在背不出来。我就学母亲捬着肚子装“胃气痛”，老师说我是偷吃了生胡豆，肚子里气胀，就在抽屉里找药丸。跷胡子人丹跟蟑螂屎、断头的蜡烛和在一起，怎么咽得下去，我连忙打个呃说好了好了。其实老师很疼我。他长斋礼佛，佛堂前每天一杯净水，一定留给我喝，说喝了长生不老，百病消除。加上母亲的那一杯，所以我每天清早得喝两杯面上飘着香灰的净水，然后爬在蒲团上拜了佛，才开始读书。老师从父亲大书橱中取出来的古书冒着浓浓的樟脑味，给人一种回到古代的感觉。记得那部诗经的字体非常非常的大，纸张非常非常的细而白。我特别喜欢。可惜我背的时候常常把次序颠倒，因为每篇好几节都只差几个字，背错了就在蒲团上罚跪，跪完一支香。

起初我抽抽噎噎地哭，后来也不哭了，闻着香烟味沉沉地想睡觉，就伸手在口袋里数胡豆，数一百遍总该起来了吧。肫肝叔说得不错，人来此世界只为受苦，我已开始受苦了。不由得又念起那句文章："慈爱之神乎，吾将临汝矣！"晚上告诉母亲，母亲说："你不可以这样调皮。你要用功读书，我还指望你将来替我争口气。"我知道她为的是我喊二妈的那个人。二妈是父亲在杭州做大官时娶回的如花美眷，这件事着实伤了母亲的心，也使我的童年蒙上一层阴影。现在事隔将近半个世纪，二妈也去世整二十年，回想起她对我的种种，倒也并不完全出于恶意。有件事还不能不感激她，就是我能够有机会看那么多小说，正是由于她，她刚回故乡时，因杭州人言语不通，就整天躲在房里看小说，父亲给她买了不知多少小说，都用玻璃橱锁在他自己书房里，钥匙挂在二妈肋下叮叮当当地响。我看了那些书好羡慕，却是拿不到手，老师也不许我看"闲书"。有一天，肫肝叔设法打开书橱，他自己取了西厢记、聊斋志异等等，给我取了七侠五义、儿女英雄传，我们就躲在谷仓后面，边啃生番薯边看，看不懂的字问肫肝叔，为了怕二妈发现，我们得快快地看。因此我一知半解，不像肫肝叔过目不忘，讲得头头是道，但无论如何，我们一部部换着看，背着老师，倒也增长了不少"学问"。在同村的小朋友面前，我是个有肚才的"读书人"。

他们想认字的都奉我为小老师，真是过足了瘾，可见“好为人师”是人之天性。阿荣伯为我在他看守橘园的一幢小屋里，安排了条凳和长木板桌，那儿人迹罕到，我和小朋友们可以摆家家酒，也可以上课读书。我教起书来好认真，完全是一副铁面无私的样子，我的教材就是儿童故事书和那一套套的香烟洋片，我讲了故事再讲背后的“文章”，挑几个生字用墨炭写在木板上，学着老师教我的口气，有板有眼。还要他们念，念不出来真的就打手心，我清清楚楚记得有一次硬是把一个长工的女儿打哭了，她母亲向我母亲告状说我欺侮她，还起了一场小小的风波，我心里那分委屈，久久不能忘记。因此也体会到，每当老师教我时，我实在应该用心听讲，才不辜负当老师的一片苦心。

二妈双十年华，却也吃斋拜佛，照说应该和我母亲合得来，但她们各拜各的佛，连两尊如来佛都摆出各不相让，各逞威严的样子。二妈用杭州口音念白衣咒、心经，非常好听。我印象最深的是她看小说也一句句大声地念出来，她看《天雨花》、《燕山外史》等等，念一句，顿一顿，我站在一边听呆了。她回脸瞪着我问：“你在这儿干什么？”我很自然地说：“听你念书呀。”她大声说：“小孩子不能看这些书。”我心想我并没有看，是你在看呀！但也懒得分辩，回瞪她一眼就走开了。但不幸的是有一天被她发现红楼梦不见了，她确定是我偷的，更糟的是父亲又发现书房里少了几幅名画，几部碑帖，两案并发，肫肝叔和我都受了严重的拷问。肫肝叔一切都承认了，一副视死如归的样子。他说拿碑帖是为了临摹，父亲当场叫他写字，他拿起笔一挥而就，写的是“南无阿弥陀佛”六个大字，露着一脸的得意。没想到父亲居然点了几下头说：“字倒是有天分，你以后索性从写字上下功夫。”肫肝叔奉命唯谨，父亲就叫他抄金刚经，抄朱伯庐先生治家格言。于是二妈的矛头转向我，低声地说：“小春，你应当专心读圣贤书，这种小说不是你应当看的。”她的声音温和里透着一股斩钉截铁的力量，这股力量是父亲给她的。从那时起，我就怕了她，也有点恨她。但是看闲书的欲望却愈来愈强烈，我怀着一分报复的心理，去看大人们不许看的书。《清宫十三朝》《七剑十三侠》《春明外史》《施公案》《彭公案》……越看越觉得闲书比左传孟子有趣多了。老师看我昏昏沉沉的样子，索性开了书禁，每天指定我看几回《三国演义》，几回《东周列国志》，命我学东莱博议写人物史事评论，这下又苦了我了。肫肝叔却是文章洋洋洒洒，有一天他自动写一篇《曹孟德论》，把曹操捧上天，说刘备是个“德之贼也”的乡愿，父亲和老师看了都连连点头。他得意地对我说，写议论文一定要有与众不同的见解，才可以出奇制胜。但我对议论文总是没兴趣的，因此古文中的议论文也不喜欢读。

我背得最熟的是李白的《春夜宴桃李园序》，刘禹锡的《陋室铭》和欧阳修的《醉翁亭记》。好像自己也有飘然物外之概。

幸好这时我的另一位在上海念大学的二堂叔暑假回来了。他带回好多杂志和新书。大部分都是横着排印的，看了好不习惯，内容也不懂，他说那都是他学“政治经济”的专门书，他送给我一本爱的教育和一本安徒生童话集，我说我早已读大人的书了，还看童话。他说童话是最好的文学作品之一种，无论大人孩子都应当看。他并且用“官话”念给我听。他说“官话”就是人人能懂的普通话，叫我作文也要用这种普通话写，才能够想说什么就写什么，写得出真心话。老师不赞成他的说法，老师说一定要在十几岁时把文言文基础打好，年纪大点再写白话文，不然以后永不会写文言文了。我觉得老师的话也有道理，比如我读林琴南的《茶花女轶事》《浮生六记》《玉梨魂》《黛玉笔记》等，那种句子虽然不像说话，但也很感动人，而且可以摇头摆尾的念，念到眼泪流满面为止。二叔虽然主张写白话文，他自己古文根基却很好。他又送我苏曼殊的《断鸿零雁记》，害我读得涕泪交流。这些“爱情”书，都是背着父亲和老师看的。我那时的兴趣早已从“除暴安良”的武侠转移到“海枯石烂”的言情了。十二岁的女孩子，就学着黛玉笔记的笔调，写了篇“碎心记”。放在抽屉里被老师看到了，他摆着一脸的严肃说：“文章还可以，只是小小年纪，不可以写这种悲苦的句子，会影响你的福分的。”其实我写的是母亲的心情，写得自认为非常哀怨动人。二叔也夸我写得好，说我以后可以写小说，不过要用白话文写。他叫我把他的故事写下来。原来他心里有一段非常罗曼蒂克的爱情。他喜欢侍候二妈的丫头阿玉。阿玉见了他，低垂着眼帘含有说不完的情意，肫肝叔也喜欢她，她理也不理他，肫肝叔说：“她是应当喜欢二哥的，我不配。”从这一点看，肫肝叔是个心地很好的人。我教阿玉认字读书，二叔也买了整套的伟人故事书送她。肫肝叔说：“还是让她读《二十四孝》吧！那样她才能死心塌地侍候二嫂，读新书她就会不甘心，她就会哭的。”他说得一点不错，阿玉一直忍，也一直哭，后来哭着被嫁给了船夫，全家就在一条乌篷船上飘飘荡荡，二叔对她的爱情也没个了结。在当时，她俩那种脉脉含情的样子看了真叫人心碎。我打算学郁达夫“迟桂花”的笔调来写，但后来进了中学，学算术，学英文。看闲书、写闲文的心情反而没有了。

我到杭州考取中学以后，吃斋念佛的老师觉得心愿已了，就出家当和尚去了。我心头去了一层读古书的压迫感，反而对古书起了好感。寒暑假，就在父亲书橱中，随意取出一本本线装书来翻翻，闻到那股樟脑味，很思念老师。父亲要我有系统地读四史。古文辞类纂和《十八家诗钞》由他选了给我读。可是我只能按着自己的兴趣背诵，父亲有点失望，他说我将来绝不是个做学问的人，这一点是不幸而言中了。

从学校图书馆中，我借来很多小说和散文，尤其是翻译小说。父亲对朱自清、俞平伯的文章很欣赏，可是小说仍不赞成我多看。我倒也用不着像小时候那么躲着他偷看。那时中学课业不像现在繁重，课余有的是时间，我看了巴金、老舍、茅盾等人的小说，西洋小说中，我最爱罗曼·罗兰的《约翰克利斯朵夫》，反复看了几遍，奥尔柯德的《小妇人》是当英文课本念的，我们又指定看好妻子、小男儿的原文，因为文字较浅。其他如《简·爱》《傲慢与偏见》《悲惨世界》，亦使我爱不释手。尤其是《小妇人》和《简·爱》，我感到写小说并不难，只要有一颗充满“爱”的心。记得当时还模仿名家笔法，写了一个中篇小说“三姐妹”，大姐忧郁如林黛玉，日记都是文言文的，二姐是叛逆女性，三妹天真无邪，写得情文并茂，自谓融《红楼梦》《小妇人》和《海滨故人》于一炉，此文如在，倒是我真的处女作呢。二妈向我借去《茶花女》和庐隐的《象牙戒指》，又一句句的念出声来，念完了偏又说：“如今的新派小说真啰嗦，形容句子一大堆，又没个回目。”这么说着，却又向我再借，有时还看得眼圈儿红红的。在看小说上，我们倒成了朋友。我把这话告诉母亲，母亲深陷的眼神定定的看着我半晌说："你们彼此能谈得来，我也放心不少。"母亲脸上表情很复杂，好像欣慰，又好像失落了什么。我心里很难过，我觉得圣贤书和罗曼蒂克的爱情至上主义很难协调，因此我把红楼梦看了又看，觉得书中人个个值得同情。对自己的家庭，我也作如是观，因此我一时豁达，一时矛盾，一时同情母亲，一时同情二妈。后来读了王国维的《红楼梦评论》，好像又进入另一种境界，想探讨人生问题、心性问题。教我国文的王老师叫我看《宋儒学案》、王阳明《传习录》、胡适《中国哲学史大纲》。可是对我来说，这些书都太深了，倒是《传习录》平易近人。那时启发心智的书不及现在这么丰硕，我本是个不喜爱看理论书的人，父亲恨不得我把家中藏书都读了，我却毫无头绪地东翻翻西摸摸。先读《庄子》，读不懂了放下来再抽出《楚辞》来念，念着《离骚》和《九歌》时，不禁学着家庭老师凄怆的音调低声吟诵起来，热泪涔涔而下，觉得人生会少离多，十分悲苦。心中脑中一团乱丝理不清，我写信给故乡的二叔和肫肝叔，他们的回信各不相同。二叔劝我读唐诗宋词，寄给我一本纳兰的《饮水词》，吴苹香的《香南云北庐词》与李清照的《漱玉词》，叫我细读。他说诗词是图画的，音乐的，哲学的，多读了对一切自能融会贯通。肫肝叔却叫我读《庄子》，读佛经，他介绍我看《景德传灯录》、《佛说四十二章经》、《心经浅说》。那阵子，我变得痴痴呆呆，无限虚无感、孤独感，觉得自己是个哲人，没有人了解我。王老师发现我在钻牛角尖，叫我暂时放下所有的书本，连小说也别看，撒开的玩。他时常带我们作湖滨散步。西湖风光四时不同，每处景物都有历史掌故，他风趣的讲解和爽朗的笑声，使我心胸开朗了不少。他说读书、交朋友、游山玩水三者应融为一体，才是完整的人生。所谓人生哲学当在日常生活中去体会寻求。不要为空洞的理论所困扰。他说“三更有梦书当枕，千里怀人月在峰”就是三者合一的境界。高中三年中，王老师对我的启迪很多。他指导我速读和精读的方式，如何作笔记，如何背诵，如何捕捉写作的灵感。我渐渐感到生命很充实，自己在成长，成长中，大自然、朋友、书本是最好的伴侣。

父亲爱读书、藏书，也爱搜集版本、碑帖和名家字画。杭州住宅书房中，有日本影印《大藏经》、《四史精华》、《四库全书珍本》、三希堂、淳化阁法帖，和许多善本名家诗文集。父亲每年夏天都去别墅云居山庄避暑，所以山上也有一部分他自己特别喜爱的书。放暑假后，我就上山陪他散步读书。别墅是三间朴素的小平房，绕屋是葱茏的细竹。四周十余亩空地一半是果园，一半种山薯玉蜀黍。山顶有一座小小茅亭，每天清晨我们在亭中行深呼吸，东方彩霞映照着烟波缥缈的钱塘江，左边是沉睡的西子湖。父亲晚年怀着逃世的心情上山静养。勉励我要好好利用藏书，爱惜藏书，不要学不肖子弟，把先人藏书字画都卖了。父亲说这话是很沉痛的，因为我是长女，妹妹才五岁，家中没有应门五尺的男童。所以我当时曾立誓要保存父亲在杭州和故乡两地的全部藏书。没想到抗战军兴，父亲带了全家回故乡，杭州沦于敌手，全部书画就无法照顾了。

避乱故乡，父亲忧时伤事，健康一日不如一日，幸得故乡的书斋中，另有一套藏书，商务影印的《大藏经》《四部丛刊》《二十四史》《十三经注疏》等……大伏天里，在城里工作的二叔特别回来帮我晒书，肫肝叔也来了，他还是那副吊儿郎当的样子，头发稀稀疏疏的，竟已像个老头子了。二叔则显得越发深沉了。父亲见了他很高兴，叫他帮着我把书房整理出来。父亲的书房在正屋右首边，隔一道青石大屏风。一幢单独平房内分三间，最外面一间摆着红木镶云母石面的长桌，以备赏画之用。进圆洞门另一长房间是书房，一边一张油木榻床，父亲看书倦了在此休息，右首套房是经堂，是父亲诵经静坐之处，书橱里是藏经。《四部丛刊》以及木板善本专集等，则放在外书房中，这一座书城已足够使二叔和我留恋了。肫肝叔在山中捡来一些松树的内皮，就着自然的笔磔并成“听雨轩”三字，贴在圆洞门上，父亲看到了也点头赞许。经堂的落地门外是小院落，种着茂盛的水竹，风雨掠过，竹浪翻腾。在我的记忆里，好像这个小院落中，一直下着雨。也许是父亲和我都偏爱雨，喜欢在雨天到经堂里，燃起一炉檀香，隔着窗儿欣赏万竿烟雨图。父亲病中喜读杜甫书，大概是国难家愁，心境与少陵相似。因此影响我于学诗之初，就偏爱杜诗。我第一首律诗“怀西湖友人”就是由父亲改定的，记得当中四句是：“三年湖海灯前梦，万古沧桑劫后棋。故国云山应未改，西湖筇屐倘相期。”父亲兴来时也作诗，可惜他的诗稿，于离乱中不及带出，现在还记得几首，有一首记友人来访的诗：“具黍但园蔬，虚邀有愧予。倾杯迎故旧，备箸恕清疏。老至交情笃，乱来村里墟。瓯江幸地僻，还喜暂安居。”虽未见功力，却是亲切自然。我们父女听雨轩中岁月，还算过得悠闲。二叔于星期假日，一定下乡陪父亲作上下古今谈。他读的新理论书比父亲多，我更不敢望其项背。他每于书橱中取出一部书，略略翻阅，便能述其梗概。他告诉我无论读古书新书，都要能抓住重点，先看作者自序与目录，略读即可，不必逐字逐句推敲。如有兴趣，可摘录与自己相同及相反意见。并加批注，最好用活页，以所读书性质归类，不作笔记亦可，于书页上下空白处批注。纯文学书如诗歌散文，则可任意圈点。他说会读书的人，不但人受书的益处，书亦受人的益处。此话我时时牢记在心。和大学时夏老师的话不约而同。他诗词背得很多，用工楷抄了一本诗词选，题为“诗词我爱录”。后来我也学他把自已心爱诗词抄一本“诗词我爱录”。此抄本曾带来台湾，不意竟在办公室抽屉中不知被何人盗去，十分痛心。他和父亲谈哲学、宋明理学，说来头头是道，连佛经他都看了不少。他并不赞成我年纪轻轻的就读佛经，却写了佛经上四句给我作座右铭：“一切众生，莫不有心，凡有心者，皆当成佛。”他说：佛经道理深奥，总括起来也就是“我心即佛”四字。“佛”即是最高之智慧。宋明理学无论是程朱、陆王，都未跳出这个道理。只是治学方法不同而已。他说肫肝叔虽也看佛经，却是自恃聪明，走火入魔，十分可惜。那时肫肝叔已不幸染上不良嗜好，处处躲着我父亲，见了二叔也是自惭形秽，默无一言。对我却始终推心置腹，他给我看他自叹的诗，记得其中四句是“因无骨相饥寒定，只合生涯冷淡休。羞向鸡虫计得失。那堪儿女足酸愁”。我看了也只有叹息。父亲去世时，他于无穷悔恨中，作了一首挽联：“涕泪负恩深。忆十年诲谕谆谆，总为当时爱我切。人天悲路绝。对四壁图书浩浩，方知今日哭兄迟。”至今忆及，犹感怆然。这两位叔叔一样有极高天分，一样地读了很多书。却是气质如此迥异，人生观如此不同。这疑问，我到今天都时时在心。

父亲逝世后，我又单身负笈沪上继续学业，大学的中文系主任夏承焘老师对我在读书方法上，另有一番指引。他说读书要“乐读”，不要“苦读”。如何是“乐读”呢，第一要去除“得失之心”的障碍，随心浏览，当以欣赏之心而不必以研究之心去读。过目之书，记得固然好，记不得也无妨。四史及《资治通鉴》先以轻松心情阅读，古人著书时之浑然气运当于整体中得之。少年时代记忆力强，自然可以记得许多，本不必强记，记不得的必然是你所不喜欢的，忘掉也罢。遇第二次看到有类似故事或人物时自然有印象。读哲学及文学批评书时，贵在领悟，更不必强记。他说了个有趣的比喻：你若读到有兴会之处，书中那一段，那几行就会跳出来向你握手，彼此莫逆于心。遇有和你相反意见时，你就和他心平气和辩论一番，所以书即友，友亦书。诗词也不要死死背诵，更不必记某诗作者谁属，张冠李戴亦无妨，一心纯在欣赏。遇有心爱作品，反复吟诵，一次有一次的领会，一次有一次的境界。吟诵多了自然会背，背多了自然会作，且不至局限于某一人之风格。全就个人性格发展，写出流露自己真性情的作品。他教学生以轻松的行所无事之态度读书，自己却是以极认真严肃态度做学问。他作了许多诗人、词人的年谱，对白石道人研究尤为深入。我也帮忙他整理许多资料，总觉研究工作很枯燥，他说是年龄境界未到，不必勉强。性格兴趣不相近，也不必勉强。大学四年中，得夏老师“乐读”

的启示，培养了读书的兴趣，也增加了写作的信心。毕业后避乱穷乡，举目无亲，心情孤寂，幸居近省立联高，就向图书馆借来西洋哲学书及翻译小说多种阅读。我写信给夏老师报告读书心得，也诉了一些内心的悲苦，他来信告诉我说："近读狄更斯《块肉余生》一书，反复沉醉，哀乐不能自主。自唯平生过目万卷，总不及此书感人之深。如有英文原本，甚盼汝重温数遍，定能益汝神智，富汝心灵，不仅文字之娱而已。"他也正在读歌德书。每节录其中警语相勉："人生各在烦恼中过活，但必须极肯定人生，乃能承受一切幻灭转变，不为所动，随时赋予环境以新意义，新追求，超脱命运，不为命运所玩侮。"他又说："若无烦恼便无禅，望你以微笑之智慧，化烦恼为菩提，以磨刮出心性之光辉。"他指示我读西洋哲学之余，应当回过来再读老子。篇幅不多，反复读之，自能背诵。老子读完后再读庄子，并命于万有文库中找出《西塞罗文录》来读其中说老一篇，颇多佳喻。我写给他自己习作的词。他说："文字固清空，但仍须从沉着一路做去。"他叫我不要伤春，不要叹年长，人之境界，当随年而长。他引僧肇《物不迁论》中句"旋岚偃岳而常静，江河竞注而不流"以勉励。他说："年来悟得作诗作词，断不能但从文字上着力。放翁云迩来书外有工夫。愿与希真共勉之。"他的来信，每一句话都像名山古刹中的木鱼清磬之音，时时敲击心头，助我领悟人生至理。如今恩师身在大陆。曾记当年在沪上时，杭州陷于日寇，他曾有词咏孤山云："湖山信美，莫告诉梅花，人间何世。独鹤招来，共临清镜照憔悴。"不知他面对今日大陆河山，清镜中是怎样一副鹤发童须呢？

抗战后半期，我虽与恩师不曾同处一地，而书信往还，他对我读书为人为学，启迪实多。在那一段宁静的岁月中，我也确实读了一些书。但愈读愈感到在浩瀚书海中自身知识的贫乏，和分寸光阴的可贵。

胜利还乡，第一件事就是叩见恩师，并请他指点如何重整残缺的图书。因家园曾一度陷于日寇，听雨轩被日机炸毁一角。一部分藏书化为灰烬。复员回杭州，检点寓所与云居山庄两处的存书，许多善本诗文集都已散失，藏经和碑帖亦已残缺不齐。这都是无法重补的书，实令人痛心。统计永嘉与杭州两处余书不及原来三分之一。追念父亲当年的托付之重，我乃尽力把《四部丛刊》《四部备要》及《四库全书珍本》等丛书中缺失者买来补齐，重新整理书房，且供上佛堂，也是对先人的一点纪念。

二十多年来，我也陆陆续续买了不少自己喜爱的书，加上朋友们赠送的著作，我也拥有好几书橱的书了。但是想起大陆故乡和杭州两处数遭兵劫的万册藏书，焉得不令人魂牵梦萦。偶然在旧书摊上买到一部尘灰满面的线装书就视同至宝，获得一部原版影印的古书，就为之悠然神往。披览之际，就会想起童年时代打着呵欠背《左传》《孟子》时的苦况，怀念起所有爱护我的长辈和老师。尤其是当我回忆陪父亲背杜诗闲话家常时的情景，就好像坐在冬日午后的太阳里，虽然是那么暖烘烘的，却总觉光线愈来愈微弱了。太阳落下去明天还会上升，长辈去了就是去了，逝去的光阴也永不再回来。春日迟迟中，我坐在小小书房里，凌凌乱乱地追忆往事，凌凌乱乱地写，竟是再也理不出一个头绪来。我只后悔半生以来，没有用功读书，没有认真做学问。生怕渐渐地连后悔的心情都淡去，只剩余一丝丝怅惘，那才是真正的悲哀呢！

母亲的书

母亲在忙完一天的煮饭，洗衣，喂猪、鸡、鸭之后，就会喊着我说：“小春呀，去把妈的书拿来。”

我就会问：“哪本书呀？”

“那本橡皮纸的。”

我就知道妈妈今儿晚上心里高兴，要在书房里陪伴我，就着一盏菜油灯光，给爸爸绣拖鞋面了。

橡皮纸的书上没有一个字，实在是一本“无字天书”。里面夹的是红红绿绿彩色缤纷的丝线，白纸剪的朵朵花样。还有外婆给母亲绣的一双水绿缎子鞋面，没有做成鞋子，母亲就这么一直夹在书里，夹了将近十年。外婆早过世了，水绿缎子上绣的樱桃仍旧鲜红得可以摘来吃似的。一对小小的喜鹊，一只张着嘴，一只合着嘴，母亲告诉过我，那只张着嘴的是公的，合看嘴的是母的。喜鹊也跟人一样，男女性格有别。母亲每回翻开书，总先翻到夹得最厚的这一页。对着一双喜鹊端详老半天，嘴角似笑非笑，眼神定定的，像在专心欣赏，又像在想什么心事。然后再翻到另一页，用心地选出丝线，绣起花来。好像这双鞋面上的喜鹊樱桃，是母亲永久的样本，她心里什么图案和颜色，都仿佛从这上面变化出来的。

母亲为什么叫这本书为橡皮纸书呢？是因为书页的纸张又厚又硬，像树皮的颜色，也不知是什么材料做的，非常的坚韧，再怎么翻也不会撕破，又可以防潮湿。母亲就给它一个新式的名称——橡皮纸。其实是一种非常古老的纸，是太外婆亲手裁订起来给外婆，外婆再传给母亲的。书页是双层对折，中间的夹层里，有时会夹着母亲心中的至宝，那就是父亲从北平的来信，这才是"无字天书"中真正的"书"了。母亲当着我，从不抽出来重读，直到花儿绣累了，菜油灯花也微弱了，我背《论语》《孟子》背得伏在书桌上睡着了，她就会悄悄地抽出信来，和父亲隔着千山万水，低诉知心话。

还有一本母亲喜爱的书，也是我记忆中非常深刻的，那就是触目惊心的《十殿阎王》。粗糙的黄标纸上，印着简单的图画。是阴间十座阎王殿里，面目狰狞的阎王，牛头马面，以及形形色色的鬼魂。依着他们在世为人的善恶，接受不同的奖赏与惩罚。惩罚的方式最恐怖，有上尖刀山，落油锅，被猛兽追扑等等。然后从一个圆圆的轮回中转出来，有升为大官或大富翁的，有变为乞丐的，也有降为猪狗、鸡鸭、蚊蝇的。母亲对这些图画好像百看不厌，有时指着它对我说：“阴间与阳间的隔离，就只在一口气。活着还有这口气，就要做好人，行好事。”母亲常爱说的一句话是：“不要扯谎，小心拔舌耕犁啊。”“拔舌耕犁”也是这本书里的一幅图画，画着一个披头散发女鬼，舌头被拉出来，刺一个窟窿，套看犁头由牛拉着耕田，是对说谎者最重的惩罚。所以她常拿来警告人。外公说十殿阎王是人心里想出来的，所以天堂与地狱都在人心中。

母亲生活上离不了手的另一本书是皇历。她在床头小几抽屉里，厨房碗橱抽屉里，都各放一本，随时取出来翻查，看今天是什么样的日子。日子的好坏，对母亲来说是太重要了。她万事细心，什么事都要图个吉利。买猪仔，修理牛栏猪圈，插秧、割稻都要拣好日子。腊月里做酒、蒸糕更不用说了。只有母鸡孵出一窝小鸡来，由不得她拣在哪一天，但她也要看一下皇历。如果逢上大吉大利的好日子，她就好高兴，想看这一窝鸡就会一帆风顺地长大，如果不巧是个不太好的日子，她就会叫我格外当心走路，别踩到小鸡，在天井里要提防老鹰攫去。有一次，一只大老鹰飞扑下来，母亲放下锅铲，奔出来赶老鹰，还是被衔走了一只小鸡。母亲跑得太急，一不小心，脚踩着一只小鸡，把它的小翅膀踩断了。小鸡叫得好凄惨，母鸡在我们身边团团转，咯咯咯的悲鸣。母亲身子一歪，还差点摔了一跤。我扶她坐在长凳上，她手掌心里捧着受伤的小鸡，又后悔不该踩到它，又心痛被老鹰衔走的小鸡，眼泪一直的流，我也要哭了。因为小鸡身上全是血，那情形实在悲惨。外公赶忙倒点麻油，抹在它的伤口，可怜的小鸡，叫声越来越微弱，终于停止了。母亲边抹眼泪边念往生咒，外公说："这样也好，六道轮回，这只小鸡已经又转过一道，孽也早一点偿清，可以早点转世为人了。"我又想起《十殿阎王》里那张图画，小小心灵里，忽然感觉到人生一切不能自主的悲哀。

皇历上一年二十四个节日，母亲背得滚瓜烂熟。每次翻开皇历，要查眼前这个节日在哪一天，她总是从头念起，一直念到当月的那个节日为止。我也跟着背："正月立春、雨水，二月惊蛰、春分，三月清明、谷雨……"但每回念到八月的白露、秋分时，不知为什么，心里总有一丝凄凄凉凉的感觉。小小年纪，就兴起"一年容易又秋风"的慨叹。也许是因为八月里有个中秋节，诗里面形容中秋节月亮的句子那么多。中秋节是应当全家团圆的，而一年盼一年，父亲和大哥总是在北平迟迟不归。还有老师教过我《诗经》里的《蒹葭》篇："蒹葭苍苍，白露为霜，所谓伊人，在水一方。溯洄从之，道阻且长，溯游从之，宛在水中央。"我当时觉得"宛在水中央"不大懂，而且有点滑稽。最喜欢的是头两句。“白露为霜”使我联想起“鬓边霜”，老师教过我那是比喻白发。我时常抬头看一下母亲的额角，是否已有“鬓边霜”了。

母亲当然还有其他好多书，像《花名宝卷》《本草纲目》《绘图列女传》《心经》《弥陀经》等的经书。她最恭敬的当然是佛经。每天点了香烛，跪在蒲团上念经。一页一页地翻过去，有时一卷都念完了，也没看她翻，原来她早已会背了。我坐在经堂左角的书桌边，专心致志地听她念经，音调忽高忽低，忽慢忽快，却是每一个字念得清清楚楚，正正确确。看她闭目凝神的那份虔诚，我也静静地坐着一动不动。念完最后一卷经，她还要再念一段像结语那样的几句。最末两句是“四十八愿渡众生，九品咸令登彼岸。”念完这两句，母亲宁静的脸上浮起微笑，仿佛已经度了终身，登了彼岸了。我望着烛光摇曳，炉烟缭绕，觉得母女二人在空荡荡的经堂里，总有点冷冷清清。

《本草纲目》是母亲做学问的书，那里面那么多木字旁、草字头的字，母亲实在也认不得几个。但她总把它端端正正摆在床头几上，偶然翻一阵，说来也头头是道。其实都是外公这位山乡郎中口头传授给她的，母亲只知道出典都在这本书里就是了。

母亲没有正式认过字，读过书，但在我心中，她却是博古通今的。

念师恩

我绝无虎啸龙吟的大气魄，更没有诗仙“曲奏水龙吟”的才情。只是为了怀念恩师当年对我为人为学的教诲，正巧今年又是龙年，乃在春回大地，万象更新之始，以此集小语，与读者诸君作心灵交谈，亦作为自我砥砺。

回忆恩师夏承焘先生教我们作词时说：“作词、作文、做人是一样道理。第一要至诚，至诚乃能顺乎自然，不致矫揉造作。”他又说：“作词固然要能清空，尤要能沉着。清空是生活的态度，沉着是生活的原则。”短短几句话，供我们一生体味，受用不尽。

有一学期他奔丧返里，由龙沐勋先生代授专家词。龙老师说他子女八个，加上他自己恰好九条龙。他说也许因自己姓龙，所以特别喜欢水龙吟这个词调。他教辛弃疾的《水龙吟·登建康赏心亭》一阕，就用浓重的粤语高唱起来。唱到最后几句：“可惜流年，忧愁风雨，树犹如此。倩何人唤取，红巾翠袖，揾英雄泪。”节拍起落，音调悲壮。我们都跟着反复吟诵，深深感动。夏老师回来后，我们又听他以永嘉乡音高唱“忧愁风雨”之句。当时中日战争方酣，他乡游子，不尽家国之思，无不潸然泪下。

一九四三年，夏老师主持浙江大学中文系，与孙养癯老先生（孙多慈女士尊翁）、徐声樾、王季思诸前辈先生诗词唱和，集名《风雨龙吟楼》。或即取辛弃疾“可惜流年，忧愁风雨”的《水龙吟》词意。流光如矢，忽忽三十余年。恩师身陷大陆，诸前辈存亡未卜，孙老先生与多慈女士都先后作古，世事沧桑，何堪回首。于闭目凝神之中，夏龙二位老师高唱《水龙吟》“可惜流年，忧愁风雨”的悲壮沉雄之音？就萦绕耳边。流年固不可挽，而“忧愁”却适足以温厚心灵，“风雨”更足以坚定意志。这也就是我怀念恩师，时时自勉之意了。

忘我

有一位高僧和一位老道，互比道行高低。相约各自入定以后，彼此追寻对方的心，究竟隐藏在何处。和尚无论把心安放在花心中，树梢上，山之巅，水之涯，都被道士的心于刹那之间，追踪而至，他忽悟因此心有所执着，故被找到，立刻想："我现在自己也不知道心在何处。"也就是进入无有之乡，忘我之境，结果道士的心就追寻不到他。

这个故事有点玄。"忘我"实在不是一件简单的事。佛家所说的眼、耳、鼻、舌、心、意六根之不能清净，就由于不能破除一个我见，执者于色声香味触法的六尘。老子也说："人之大患，在我有身。"儒家孔子虽曾说："毋意、毋必、毋固、毋我。"却并不主张"无我"，才能从小我本位做起，亲亲而后仁民，仁民而后爱物。所以说："我欲仁，斯仁至矣。"

我们是常人，不必高谈玄理，立身行事，还是踏踏实实从日常生活上做起。比如得失之心，谁能无之？只可说由于本性与修养的不同，而有程度上的差别。得而不喜，失而不忧者，有点不近人情。但如能由于自己的得而喜，失而忧，推己及人地也为旁人的得而喜，失而忧，就算做到忘我的一半了。至于大德无涯，那是至圣之事，非常人所能企及。标准定得太高了，反而做不到。

其实人不必忘我，只要学着把这颗心一天天放得宽大，关心自己，也关心别人，便有无穷喜乐。三年前在美国遇到一位黑人吹鼓手，他把所得微薄工资，办了一个简陋的收容所，辅导迷失逃家的儿童，一一送他们回到父母身边。他的伙伴赞美他，一个小小的人儿，有一颗大大的心，他对我说："我从来不为昨天后悔，也不为明天忧愁。我只为今天所获的友情与信赖而快乐。"我听了好感动。他的忘忧，大概就是"忘我"的境界吧！

这个变幻莫测的世界，只有一颗大大的心才托得住。

阿标叔

阿标叔是我故乡老家的花匠，年纪比长工阿荣伯要小十几岁，所以我喊他叔叔。他们都是非常疼爱我的长辈。但我这个小小人儿，在他们两个人之间，却要花点心思给拉拢。因为阿荣伯信佛，阿标叔信耶稣。阿荣伯就是看不来阿标叔叔捧着一本《圣经》读，每餐饭前还要低头念念有词地祷告。阿荣伯说："我们又不是番人，番人才信番教。"阿标叔说："佛祖也是印度人，不是中国人呀。"阿荣伯愈加生气了，他说："我们老祖宗多少代都是念阿弥陀佛的，谁听见过什么'野荷花'的？"我在一旁拍手大笑说："是耶和华，不是野荷花啦。"阿标叔却不作声了。

每到星期天，阿标叔就放下所有的工作，捧着《圣经》去附近礼拜堂做礼拜去了。这也是阿荣伯最最不高兴的。

有一天，他礼拜堂回来后，端张藤椅坐在廊下，专心致志地读《圣经》。连母亲喊他帮忙扫个地都不行。他说："今天是安息日，只能给上帝工作，凡间的事是不能做的。"母亲笑笑，也不勉强他。阿荣伯就说话了："你看信'猪肚教'（基督教）的就是懒嘛。我们信佛的，只晓得一年忙到头，哪有什么安息日？安息日不吃饭、不撒粪啦？"母亲连连摇手叫他少说两句，我尤其着急，生怕阿标叔听见了生气。谁知他读着《圣经》，早已呼呼睡着了。

老师从书房里慢吞吞走出来，手里拨着念佛珠，他是吃长斋的虔诚佛教徒。阿荣伯马上问他："你是先生人（读书人），你倒说说看，这样好的天色（天气），大家都在忙，他坐在大太阳底下打瞌睡，信教的是这样懒骨头的呀？"老师说："你不要看了他读《圣经》就有气。《圣经》也是经，《弥陀经》《金刚经》也是经。信耶稣信佛都一样，各人心里有位神佛。神佛是慈悲的、圆通的，你若是看了信基督教的不顺眼，就不像个信佛的了。"阿荣伯还是气呼呼地说："要么，他就信佛，要么，他不要坐在我眼面前读《圣经》、打瞌睡，三餐饭前不要祷什么告。"我抢着说："阿荣伯，你这就不公平了，你不是每样新鲜菜、新鲜水果，都要先供过佛，拜了三拜才坐下来吃吗？"老师说："对啊，你感谢菩萨，阿标是感谢上帝赐饭给他吃，人人都应当有感恩的心。"阿荣伯说："谷米明明是我们种田人辛辛苦苦种的，就凭他坐在那里读《圣经》有饭吃啦？”母亲大笑说；“你种了田，没有天公保佑，风调雨顺，谷米长得出来吗？我们信佛的靠天，他们信耶稣的靠上帝，我想想也都是一样的。”母亲才真正是个圆通的人。她说：“只要是信教的，心里时刻想着神佛，拿神佛做榜样，就是好人，好人就有好报。”

听他们这样谈论着，我也很有兴趣，我去推醒阿标叔：“快吃中饭啰，阿标叔，你不是还要祷告吗？吃了饭讲点耶稣道理给阿荣伯听嘛。”“是啊，是啊。”他连忙把《圣经》塞在大口袋里，揉揉眼睛，走进厨房帮母亲添火。他瞄了阿荣伯一眼，笑嘻嘻地冲着母亲说：“太太，我讲《圣经》上的故事给你听。”阿荣伯马上抢着说：“你不用讲，我都听过了。你们的上帝造了座叫什么时花园，捏了个男人，吹口气就活了；又抽他一条肋骨变成个女的，两个人就算夫妻了。后来女的听了鬼话，吃了个苹果，就算犯罪了，哪有这等事，我就不信。”

“那是因为他不听上帝的话，吃了罪恶的果子。”阿标叔连忙解释。

“苹果就跟柑、橘一样，有什么罪恶不罪恶的？这叫人怎么个信法？后来上帝托胎给一个童贞女，叫马什么的，生了个儿子名叫耶稣。他长大了到处传教，说自己是上帝的儿子，叫‘野荷花’（耶和华），地方上人气不过，就把他活活钉死在十字架上了。血一滴滴滴下来，就叫做宝血。阿标，你听我讲得对不对？”阿标叔说：“讲得对，讲得对，你的记性很好。”

我真没想到阿荣伯他会一口气讲出这一大堆来，只是咯咯地笑。母亲奇怪地问他是那儿听来的，他说：“阿标不是给你们讲过吗？有一天，我随便坐在教堂后排，听台上也是这样讲的，越听越不信，到要捐铜板的时候，我就溜了。”

母亲只是笑，老师说：“这就是神的故事！神跟凡人不一样。佛教的释迦牟尼佛，是从母亲的肋下掉下来的？一着地，就双手合十，脚下开出一朵莲花。”我说：“我看到过那张五彩照片，释迦牟尼是个赤膊的小毛头，稳稳地站在莲花心里，头上还有个光圈呢。”

阿标叔不再说话了，他是很尊敬教书先生的，他也不像阿荣伯那么一句句跟别人顶嘴。他悄悄对我说：“小春，上帝教人要谦虚，我不跟阿荣伯辩，他年纪比我大。我只有为他祷告。”我连忙学着他的口气说：“愿上帝的灵，进入他心中。”阿标叔摸摸我的头笑了，说：“我也为你妈妈和你祷告。”

但我却不要上帝的灵进入我心中，那样我会很矛盾。我跟妈妈和老师一样，要信佛信到底，不可三心二意。不过对阿荣伯和阿标叔两位完全不同信仰的人，都是一样的敬爱。

阿标叔的工作，就是照顾整个院子的花木，还有每天擦一次全个屋子的煤油灯台和灯罩。他说花木是老爷最喜欢的，煤油灯是太太最喜欢的。其实母亲喜欢点菜油灯，也难得点蜡烛。她嫌煤油灯太贵了。于是阿标叔给她特别设计一盏小小煤油灯，只用一根细细的棉纱做灯芯，却仍旧很亮。既可以端，又有个环可以拎，灯罩外面还绕了一圈细铁丝网，让母亲提着在走廊里不会被风吹熄，又不容易碰碎。母亲好喜欢，夸他真像个读书人，斯斯文文的，做起事来，慢工出细活。

他每天大清早都要在花园里修剪花木，我常常拿本书，边读边跟着看。他指着花木，一株株念名字给我听。说每种花木浇水的分量都不一样，尤其是兰花要格外小心。他把十几盆兰花从玻璃房里端进端出的，花开了，就捧到书房给父亲欣赏。父亲教他一句诗："开门不及闭门香。"是唱小生的姜妙香作的，他牢牢记住了，常常念着这句诗说："真作得好，人也要这样，开门不及闭门香。"老师称赞他究竟是信教的，很有灵性。我告诉阿标叔，他好高兴，这话幸得阿荣伯没听见，否则他又要跟老师辩了。

阿标叔虽然信耶稣，却常常剪下开得最漂亮的茶花、菊花或玫瑰花，让我捧给母亲供佛。有一次母亲把供过佛的玉兰花瓣和了面粉鸡蛋煎了当点心，叫做"玉兰酥"。阿标叔说真好吃，母亲笑笑说："这是供过佛的哟。"阿荣伯又说了："供过佛的，你也吃呀？”

原来阿标叔是不吃祭过祖、供过佛的东西的。这一点，母亲正式对他说过，叫他圆通点，祭过祖先、供过神佛的东西，只要在灶头上打个圈，就算是重新煮过了，他连声说：“是是。”阿荣伯说：“我看太太要分个家，一半请菩萨保佑，一半请野荷花保佑。”母亲说：“只要心好，菩萨和上帝一样保佑。”母亲比读书人还圆通呢。

每天下午太阳偏西以后，阿标叔就要擦煤油灯了。我帮他把大大小小的灯统统捧到一张长条桌上。他先用一块黑漆漆的布擦去油烟，再用另一块布蘸了洋油擦一遍，最后用一块细软的白布，把一个个玻璃灯罩擦得晶亮，对着粉红的阳光，照了又照。阿荣伯走过时就说：“这种灯罩壳，我一下子就擦好了，他要磨一个半天，我三亩田都耕了。”阿标叔一声不响，我说：“不一样呀，耕田是粗工，擦玻璃灯罩是细活呀。”阿荣伯一直都很宠我，我帮阿标叔说话，他倒也不生气，但我希望他们要好起来是很难的。不过有一件事，他们是很合作的。就是夏天的早上，阿荣伯和长工把篾簟背出来，在晒谷场上摊开，再一担担挑出谷子来晒。阿标叔一定帮忙一起背簟子，一起拨谷子。下午收谷子时，他正在擦油灯，手有洋油臭，就不插手了。但逢到阵雨，他马上来抢救。看他们同心合力的样子，我心里真希望他们都信一种教就好了。

有一天，阿荣伯不小心扭伤了腰，痛得不能动。阿标叔说：“老哥，我来给你推捺几下就好啦。”他喊他“老哥”呢，我听了真高兴。他卷起袖子，运气一番，双手掌心抹了菜油，对搓得发热以后，在阿荣伯腰子眼上使劲地推捺。并对他说：“老哥，推捺很痛，忍一下就好了。”一声声的老哥，喊得阿荣伯打皱的脸上，都笑出一朵朵花儿来。他就是要人捧得他高高的，我想他一定不再生阿标叔气了。半夜里，阿标叔还起来两次去看他，给他推捺，还熬了草药给他喝，第二天就好多了。没想到阿标叔还是个伤科医生呢。

阿荣伯腰痛好后，果真跟阿标叔好起来。我真高兴，因为我们三人可以一起下“茅坑棋”，猜“豆子拳”了。阿标叔下棋猜拳总是输，输了就摸出十个铜板给我买麦芽糖吃。阿荣伯却总是赢，赢了摸出廿个铜板叫我买花生米下酒。喝了酒就讲酒话、唱小调。阿标叔却不喝酒，也没劝阿荣伯别喝，说酒是活血的。他只劝阿荣伯别推牌九，说这种赌输起来没个底，通宵赌又伤身体。阿荣伯笑笑，但总是不肯戒，说自己孤老头儿一个，留起棺材本就够了，赌也是寻快乐呀。

阿标叔也是单身，当兵退伍以后，没有讨亲，他却很节省。省下的钱常常捐给教会救济穷人。阿荣伯很感动地说：“我要戒赌，把钱拿去捐。”说归说，赌还是赌，母亲说：“给你想个办法，每回赌以前，先抽出一点，赢来的也抽出一点，到年底一起捐，也是积少成多。”他真的照这样做了，把钱捧给母亲说：“太太，放在我枕头下还是会输光，你代我存起来。”阿标叔非常感动，劝他去做礼拜，他把头摇得拨浪鼓似的说：“做礼拜我不去，你忙你的基督教（这回他不说“猪肚教”了），我还是信我的观世音菩萨，在天上的神佛都一样，我们不要分家了。”他们就这样做着好朋友。

我到杭州以后，进的中学，正好是个教会学校。第一年暑假回到家乡，第一件事就是告诉阿标叔，我也听了许多牧师讲道。有的讲得很好听，很感动人。阿标叔高兴地问我，“那么你信不信耶稣是救主呢？”我很不好意思地摇摇头说：“我还是信佛，因为爸爸妈妈都信佛，老师也信佛。而且我总是相信释迦牟尼佛是从他妈妈肋下掉下来的，一着地就一双小胖手儿合掌，脚底下开出一朵莲花，头上有一个光圈。”阿标叔慈爱地笑笑说：“耶稣头上也有个光圈啊。不过信佛也一样，只要你好好做人。”我顽皮地加了一句：“上帝也会祝福我的，是吗？”阿荣伯伛偻着身子，抬头看看天空说：“天堂总只有一个，不要分家了。”

眼看我敬爱的两位老人，这样融洽，我心里真安慰。我记着学校里老师说的，“宗教的信仰，是给人心中树立一个行为的准则。佛的慈悲，耶稣基督的博爱，孔孟的仁义，都是最高的道德标准。一个凡人，能做到多少是多少。做一个心地光明，行为正直的人，信佛的有佛保佑，信基督的有上帝祝福，儒家则说是‘君子坦荡荡’‘求仁得仁’。”我把这话慢慢儿一句句讲给二位老人家听，他们都夸我到了外路，念了一年洋学堂，就好像很有学问起来了，我也不免有点得意呢。

升高中以后，我就很少回家乡，只在与叔叔通信中，常问起二位老人家的状况。嗣后战乱流离，更没机会再见到他们。算算他们的年龄，想早已往升天国或天堂了。阿荣伯说的“天国天堂不分家”，那么他们老哥老弟二人，又可快快乐乐生活在一起了。

我的佛缘

我幼年时随母亲住在乡间，父亲请了位吃素念佛的老师教我认字读书，却带了长我三岁的大哥去北京定居。把我们兄妹硬生生分开得那么遥远。母亲是虔诚奉佛的，对父亲的安排都逆来顺受，只有命我每天一大早随她在经堂里上香拜佛，保佑父亲和大哥身体健康。我和母亲并排儿跪在蒲团上，颈上套着佛珠，边拨边念，一圈阿弥陀佛、一圈释迦牟尼佛、一圈地藏王菩萨、一圈观世音菩萨。念得我空肚子咕咕直叫。只好敲着姑婆从普陀山带回给我的小木鱼，再看母亲仍旧眼观鼻、鼻观心地念心经、大悲咒、白衣咒，听得耳熟能详，也就饿着肚子跟她念。念完经，拜了佛，才吃早餐。早餐一定是素的——咸菜炒蚕豆、腐乳卤蒸豆腐。母亲说："早餐吃素，一天心清。"因此我相信我们母女的心都很清。

吃完午餐该读书了。老师又要我跪在他的佛堂前拜佛。我说："已经拜过佛念过经了。"老师说："读书之前拜佛，保佑你记性好。"拜完佛，老师会给我一粒供过佛的麦芽糖，还要喝那杯面上飘满香灰的净水，他说净水会给我添智慧。幸亏麦芽糖很好吃，我就皱着眉头把飘满香灰的净水喝下去。

老师教我认方块字，第一个字就是"佛"字。他说："你每天拜佛，一定要认识佛字。"因此我翻开任何书本，就先找"佛"字，有时把"弗"字也当作"佛"字。老师说："人修行、得道，以后才成佛。所以'佛'字边上一定有个'人'字，意思是佛跟人是很接近的。"

我有一位比我大八岁的小叔。他聪明绝顶，读书过目不忘，却不肯正式考学堂念书。他听我琅琅地背白衣咒，问我："什么是广大灵感，你懂吗？"我摇摇头。

他说："广大是无边无际、灵感是心。就是说你的心和世间万物的心都能相通。草木虫鱼鸟兽，甚至朝生暮死的小菌都是有灵性的，我们都要对它们抱同情心、怜悯心，不要伤害它们。真正修行的人连吃菜都只吃叶子不吃菜心，因为菜心是有生机的。"

我被他说得心慌意乱，觉得自己天天都在杀生。真想发个愿心不吃荤菜。但是妈妈煨的香喷喷红烧肉、煎的新鲜黄鱼实在太好吃了。就问小叔叔："妈妈天天拜佛念经，怎么也烧鱼、肉呢？”

小叔说：“你妈妈是为了疼你，只得烧荤菜。她不罪过，罪过的是你呀！所以屠夫要边杀猪边念：‘猪呀、猪呀，你莫怪，你是人间一道菜。人不吃来我不宰，你向吃的去要债。’”听得我又好笑又害怕。

小叔又说：“你不要怕，你现在还小，修行还早呢！长大了就跟你妈妈吃三净素吧。”

我奇怪地问：“什么是三净素呀？”

小叔慢条斯理地说：“你听着，我也是刚刚从庙里听来的。三净素就是不亲自动刀杀的、没有亲眼看见杀的，不是为你杀的。这不很容易吗？你几时杀过鸡鸭呀？每年过年时长工杀猪，你妈不是都抱着你躲到佛堂里念往生咒超度它们吗？哪有看他们杀呢？还有，一头猪、一只鸡，杀了以后分成无数块，大家都吃到了，罪孽大家分担，因为不是为你一个人杀的。”

小叔说来头头是道，我听得半信半疑。再去问老师，老师也点点头说：“这是佛家劝爱吃大荤的人通融的说法，因为戒杀极难，只好放宽点。”

老师是吃长斋的，每月有六天还要过午不食，只喝一碗薄薄的藕粉或米汤。那叫作六斋。小叔告诫我每逢六斋，字要写得格外端正，因为老师饿得心火上升，会罚我跪的。母亲在这六天里，却是对我格外慈爱，不听话也不责骂我。只是这六天不准我吃新鲜鱼虾，只吃咸鱼。所以我对六斋的日子，记得清清楚楚的。小叔说，这叫作“心斋”，是心中的一种警觉。长大后想想，也真有道理，一个人如能不时反省，岂不是修身养性之一法呢？

浓厚的佛教气氛，使我幼小的心灵，感到平安有依靠。但忽然一个晴天霹雳，自北平传来噩耗，我亲爱的大哥，忽然因肾炎去世了。这个沉痛的打击，使我对佛的信心起了动摇。但母亲在万分悲恸中，没有一句怨言。她悲悲切切只悔恨自己没有坚持把哥哥带在身边。老师却说人生年寿都是有定数的，越发劝我要多拜佛念经。他说我下巴尖，非载福之相，要我时时心存善念，修心可以补相。可是再怎么修行，亲爱的哥哥已回生乏术，雁行失序的悲痛，每于拜佛念经时，尤为刻骨铭心。

十二岁被带到杭州，与家乡的小朋友们远离，尤感孤单。幸不久即考入一所教会女子中学，生活有了大大的转变。但使我不习惯的是每天早上要做祈祷，每顿饭前要低头祷告，感谢上帝。每周日要做礼拜。我坚定信佛，因而时常躲到健身房里，被舍监抓去重重处罚。

做礼拜时，同学们祷告，我就默默地念心经。但是礼拜堂里悠扬的琴音和赞美诗声，有时也会使我很感动。回来告诉母亲，母亲说："圣母像和观世音菩萨不是很像吗？神佛在天堂上都是要好的邻居吧。但奇怪的是圣母生了耶稣，亲娘与儿子反倒分成两派，拜圣母的是天主教，拜耶稣的是基督教。"

我奇怪地问："妈妈，你怎么知道得这么清楚？"

母亲笑笑说："我们家乡不是有两个礼拜堂吗？有白姑娘来捐钱的就是天主堂；另外一个是耶稣堂。我问过白姑娘有什么两样，她只笑说不一样。我对她说我们信佛的不分家，阿弥陀佛、释迦牟尼佛都是佛，地藏王、观世音都是菩萨。"

我抱怨学校里要强迫我做礼拜，母亲说："做礼拜就去做嘛，唱赞美诗就唱嘛，唱歌总是开心的。我听说他们信教的不拜佛，不吃供过佛、供过祖先的东西，我们信佛的却肯做礼拜，供过佛和祖先的东西吃了才保长生呢。"

母亲的快人快语，真有道理，我也就安心了。

我逐渐长大了，自初一至高三，六年的中学教育中，实在有好几位慈爱的好老师。她们都是虔诚的基督徒，对我们无微不至的关怀爱护，使我心感万分。但她们劝我信教受洗，我都婉谢了，老师们亦不以为忤。

我每想到母亲说耶稣的妈妈和观世音菩萨是要好邻居的有趣解释，不由得也会跟着大家唱起赞美诗来。尤其是唱起有一首诗："父母兄弟、亲戚朋友，有时要分离，耶稣不离开。天地万物，都要改变，只有耶稣不改变。”心中不免阵阵酸楚。想起哥哥早逝，双亲日益年迈；想起幼年时跪在蒲团上拜佛念经的情景，和小叔对我说的充满哲理的话，于略带凄怆的歌声琴音中，益感人世的无常。佛教教义的精深博大，实在给予我无限启迪。

六年的中学生活，我虽未曾接受老师的劝谕信教受洗，但对充满爱心的虔诚基督徒，永怀崇敬之意。也使我感悟宗教的博大精神，是应当不分彼此的。

高中毕业后，进的又是基督教大学，美国校长的夫人正是我中学英文老师的胞姐，对我爱护备至。她教我英文打字，为她所带领的宗教团体服务，使我在为人为学方面，获益良多。她的慈爱和服务精神，尤足为年轻人的楷模。她多次劝我信教，我总是婉转地说“等我能再深入了解时再说吧！”但心中仍感到十二分歉疚。

为此事曾向最敬佩的夏承焘恩师请教。他笑嘻嘻地开导我说：“你不必感到不安，归依宗教不是礼貌应酬，要心中真诚感悟才能接受。这就是基督教徒所说的上帝在你心中做工。你既坚定信佛，就是心中有佛，一切疑虑自然消除。你把耶稣也当佛就是了。孔子说过的：西方有圣人，指的就是耶稣吧。”

恩师的一语点醒我，从此不再惶惑不安，不再疑虑不决。

并领悟了儒家的仁，道家的自然，基督的博爱，和佛的慈悲，正是一贯的精神。

抗战期间，饱经离乱丧亡之痛。忧患备尝中，此心始终能安定且坚持信仰，就是牢记恩师“心中有佛”的诲谕。把人间的一切变迁，都视为必然因果。于悲怀难遣中虔心念佛，于一帆风顺中也虔心念佛，正如基督徒的随时祈祷，将一切归诸上帝的旨意。

如今回顾往昔，或有因愚昧所犯的罪过，只有祈求慈悲的佛赐予赦免与指引。我要虔诚地念一声：

阿弥陀佛！

字典的故事

抗战期间，我在一处非常偏僻的山区避日寇。那儿有个乡村中学，我时常散步去学校的小小图书室借书看，因而与老师们都谈得很投缘。

有一位教初三英文的老师郑先生，性格爽朗，言语风趣。他是浙东人，一口的蓝青官话，官话里却喜欢夹英文单词。居然是字正腔圆的英国音，还笑我的美国发音不够“文化”。

在 20 世纪 40 年代初，说话里夹英文字的时髦作风，还是很少的。我起先听起来很不习惯，与他熟了以后，就问他是什么大学毕业的。他得意地说：“英国牛津大学。”接着又哈哈大笑：“我的意思是，我苦学英文，完全靠一部早年父亲从英国带回的牛津字典，自修出来的。在山区教中学，只要程度够，好好地教，暂时不计较学习资历的，所以我就自封为牛津大学文学士。”

他带我到他的工作室里，看他案头那部翻烂了再用牛皮纸层层修补的牛津字典。他风趣地对我说："我的财产只有三样：就是这部字典、一个保暖四小时的旧热水瓶，和一只每天报时毫厘不差的大公鸡。"正说着，他的大公鸡就昂首阔步而至，在他脚背上啄了一下表示亲热。他拍拍它的背说："出去玩吧，别在屋里拉屎，有客人哟！"大公鸡听懂了，走到我面前，歪着头用乌鸡眼盯着我看半天，煞是可爱。

郑先生一本正经地对我讲他如何苦学英文，无师自通的经过：逃难中，身边一无所有，饥寒冻馁在所不计，可是这部字典，必定像宝贝似的捧在手里，放在枕边，形影不离。逃空袭警报时，袋子里装的是字典。躲在山洞口，耳朵里听敌机隆隆之声，手中翻着字典，嘴里喃喃地背生字，背解释，背例句。一部字典，从头到尾，一字不漏地挨着次序背。背着背着，就豁然贯通起来。渐渐地就能说、能造句、能作文。读英文原著更不必说。他叫我随便翻开一页，点一个艰深的字问他，他竟如流水般地背解释给我听，听得我都呆了。他那一股专注、坚定、锲而不舍的精神，真正令人钦佩万万分。

那时后方出版物贫乏，工具书难求，而这位郑先生却就赖一部字典，把英文读通了。可见做学问是聪明智慧一半，毅力一半。若只是好高骛远，贪多嚼不烂，而不能集中精力读完一部书，看去虽有丰富常识，究竟是浮面的。

记得当年恩师曾勉励我们说：“案头书要少，心头书要多，这是古人的诲谕。”意思是说，书一本本地用心读了，消化了，吸收了，都储藏在心头，案头书自然就不必堆得太多了。

今天已进步到电脑信息时代，一切供研究的数据，都可输入电脑，由它代劳，案头书自然也不必多了。但我担心的是，依赖了电脑，人脑是否会愈来愈懒惰？渐渐地电脑可以帮你吟诗作赋，电脑可以陪你下棋散步。到那时，莫说案头不必有书，连心头也不必有书了。

我不禁想念起那位背牛津字典的郑先生，他如仍健在的话，是否要大叹自己当年背字典的枉费功夫呢？

父亲的两位知己

父亲生平有两位最知己的好友，一位杨雨农伯伯，一位刘景晨伯伯。他们都住在县城里，离我们乡下有三十里水路。那时交通不便，又无电话可通，好友想见面并不太容易。每回只要听到父亲用极感人的音调，琅琅地吟起诗来，就知道他又在想念两位好友了。两位伯伯也心有灵犀，尽可能联袂下乡来和父亲欢聚。杨伯伯谈兴高，刘伯伯酒量宏，父亲虽不善饮，也为好友小酌半杯助兴，大家都笑逐颜开起来。

慈爱的杨伯伯逗我玩时，我的小手就伸到他黑马褂口袋里掏巧克力糖，那是他老人家特地给我买的。我曾悄悄地问他说："杨伯伯，我听爸爸称刘伯伯冠三兄，向朋友介绍时，就称他贞晦或景晨先生，为什么他有三个名字，您只有一个名字呢？"杨伯伯笑眯眯地说："我的名字是振圻，雨农就是我的号。你刘伯伯要作诗、写文章、又要画梅花，所以要多用一个别号。"

妈妈在一旁笑道："你杨伯伯的大名是响当当的哟！他是温州商会会长，县立中学与瓯海医院董事长，又是各慈善社团的高级顾问，他急公好义，热心助人，一提杨伯伯的大名，谁人不知呢？"杨伯伯只是微笑。我仰起头来望着他，他乌黑的八字胡须托着圆圆大大的鼻子。爸爸常常夸他鼻如悬胆，显出一脸正直之气，我觉得他笑眯眯地，更显得一脸的慈祥呢！

刘伯伯却不常笑，他总是端端正正地坐着，一对眼睛睁得大大地看着我，命我背《诗经》、唐诗给他听。我战战兢兢地背了一首又一首，他只眼观鼻、鼻观心地点点头，并没夸奖我背得没错，也没赏我巧克力糖吃。他就是那么地严肃，只有在喝酒的时候，才谈笑风生起来，父亲赠他从上海带回的名牌洋酒，他只打开闻闻，并不怎么喜欢，却特别欣赏母亲从陈年老酒蒸出来的"老酒汗"。他说："老酒汗一碰到鼻子尖，五脏六腑都会通畅起来，那才是真正的好酒哪。"听得母亲好高兴，哪怕他一顿饭要吃上两个钟头，她都有耐心一再为他添菜：因为她最最欣慰的是看到父亲和两位老友谈心、开怀欢笑的神情。

风趣的杨伯伯，看刘伯伯已醉态惺忪，就命我取纸笔红朱来，请刘伯伯即兴画梅题诗留念。刘伯伯却摸摸胡须说："酒还未醉，诗兴还没来。"父亲回头看窗外盛开的红梅，随口吟道："雪梅已是十分春，却笑晨翁诗未成。"刘伯伯也看看窗外，接口道:“高格孤芳难着墨,无如诗酒两忘情。”他们一唱一和,我在一旁听得发呆,心里却好佩服。

刘伯伯又乘兴吟起前人的诗来:“有梅无雪不精神,有雪无诗俗了人。日暮诗成天又雷,与梅添作十分春。”我鼓起勇气说:“您正在饮酒。第二句的‘雪’字应当改为‘酒’字。现在为白天,不为日暮,可不可以把第二句的‘日暮’改为‘醉及’呢?”刘伯伯速速点头道:“对、对。”坐在我旁边的杨伯伯,摸摸我的头说:“女儿真聪明,女儿好好用功读书,希望将来成个才女。”我越来越得意地说:“伯伯,我妈在厨房里煮饭烧菜,我帮她在灶下添柴,我现在就是妈妈的‘柴女’呀。”听得二位伯伯都大笑起来。

酒后的刘伯伯,已不那么严肃了,我就趁机会要求道:“伯伯,请您教我画梅花好吗?”他摸摸胡须说:“你想学画梅花,就一定先要临碑帖,要有恒地天天习字,字有根基以后,才能学画梅花,因为梅的枝干就好像篆、隶的笔磔,花朵却像行、草的婉曲柔美,在柔美中透出韵致,也表现了一个人的真性情。”刘伯伯把画梅花的道理说得这般高深,我听来实在不懂。想想老师总是责骂我不肯用心习字,字写得像八脚蟹满纸爬,哪里还能画梅花呢?

我问刘伯伯“最得意的咏梅诗是哪一首呢?”他沉吟了一

下说："还没作出来呢！"再问他"画得最得意的梅花是哪一幅呢？"他摇摇头说："还没画出来。"他放下酒杯，牵起我的手，慈祥地说："你要知道，读书、作诗、画画、都是永无止境的。这就是苟日新、又日新、日日新的道理，你懂吗？"

伯伯的诲谕，我当时听了只是茫茫然，长大以后，才日益有所领悟了。

我最快乐的事是由父亲带到城里杨伯伯家去做客，杨宅府第极大，两幢房子相毗连。一幢是他们一家人居住，一幢供亲友留宿，并开放给游客观赏。亭台院落，树木青葱，我常与杨宅小朋友们在曲折的假山矮树丛中捉迷藏游戏。慈爱的杨伯母，给我口袋里装满了糖果，端张矮凳叫我坐在她身边，听她慢条斯理地讲故事。她与杨伯伯一样，也是那么地和蔼、慷慨，乐于助人。所以杨宅里经常是高朋满座，一片欣欣向荣气象。

最令人敬佩的是伯伯与伯母事亲至孝，无论多忙，必定每日向太夫人晨昏定省、垂手恭听诲谕。太夫人午睡时间，全府上下必然鸦雀无声，深恐惊醒老人家，想见杨伯伯以孝治家之感人。

我十岁以后被带到杭州求学，就很少有机会与二位伯伯见面了。直到抗战第二年，全家避乱重返故乡，始得与二位伯伯重聚。不幸的是父亲因肺病沉疴不起，一年后竟撒手西归了。

我在极度悲痛中整理父亲书札遗物，发现他有三首赠二位伯伯的诗，竟以病笃未能寄出。其一云：

久阔喜重逢，况于大乱中，
谁逃争战祸，各慰起居同；
杯酒传清话，围炉叙曲衷，
独嫌离别速，一饭太匆匆。

父亲是位军人，戎马倥偬中，未遑学诗。而此诗情辞恳挚，无限知己之感。令我悲痛的是“独嫌离别速，一饭太匆匆”二句，竟成谶语，伯伯读故人遗作，焉得不泪下沾襟。

我听从二位伯伯劝谕，不得不于战乱中拜别慈母，再赴沪继续大学学业，毕业后因太平洋战争爆发，海上交通被日军水雷封锁，不得不滞留上海，在母校任中文系助教。半年后惊闻母亲病笃，乃冒万险绕旱路赶回家中，竟不及见慈母最后一面。人间哀伤，何有甚于此者？

祸不单行的是乡下老屋书房，竟遭日机炸毁一角，先父藏书都被炸得残缺不全，因知杨伯伯早已将他的全部藏书字画碑帖等捐赠籀园图书馆，乃遵他老人家指示，将有限余书，也捐赠该馆，为先人留点纪念。

岁月匆匆，由于局势与人事的变迁，竟与二位伯伯音书阻绝十年。仰望云天，曷胜慨叹。如今我也是垂暮之年，回首前尘，两位老人家的笑貌音容，仍不时浮现心头。聊可宽慰的是父亲与两位知音，得以在天堂中长相聚首，诗酒言欢，畅谈今昔，应再不会有“一饭太匆匆”的遗憾了。

电影与我

我原是个爱看电影的人，也曾写过好几篇看电影的回忆文。写我对少年岁月的留恋，和许多名片中深长含义给我的感触与领悟。

如今说起看电影，却叹息那些绚烂的时日，已离我远去。在台北的后来十年，我就从不去电影街挤。来美以后，除了在电视上偶然重温旧片外，从没进过电影院。真有点“情怀老去”的感慨。

倒是想起小时候，有一次去看日本大地震的电影，那情景留下深刻印象。那时我才六、七岁，从不看电影的母亲，难得由父亲陪伴带了哥哥和我一起去看。母亲后来告诉我，那是唯一的一次“全家福”看电影。尽管电影内容惊心动魄，但在母亲心头的回忆，一直是非常温馨的，因为我曾听母亲多次提起那次的情景。

我呢？只记得银幕上无数的人影在晃动，刹那间，地裂开来，房屋倒塌下来，我吓得往母亲怀里钻，连声说；“妈妈，我好怕，回去吧，这一点也没劳莱哈台好看。”可是哥哥看得好有兴趣，大声说：“怕什么嘛，是电影呀！”我不免又用双手蒙住脸，从手指缝里偷看。正看见一个小孩坐在一堆乱木上，一个大人递给他一样东西，大概是米饭团吧，他正要吃，地又震动起来，小孩跌倒了，米饭也滚落了，我又吓得哭起来。

母亲连声念阿弥陀佛，回到家还一直在念。她对父亲说：“听你讲中日战争，日本人好坏，天应该罚他们。现在看他们的老百姓在地震时死了那么多，心里却好难过。”

我不大懂，大我三岁的哥哥就一本正经地说：“妈妈，地震是天灾，不是天罚。那么小的孩子，怎么会坏？坏的是那些杀人的军官呀。”

父亲摸摸他的头，露出赞许的神情。

又有一次，教我们读书的先生带我们去看“铁达尼邮船遇险记”，这课书我们已读过，看起来特别有意思。看到被救到小船上的老弱妇孺流着眼泪，远远望着大船站在甲板上的人，逐渐随船沉没下去，我们眼泪也流下来了。哥哥仰头问老师：“先生，那些守在大船上的人，就是你所说的舍生取义吧！”

老师连连向他点头。

我们看的电影很少，但每回看完一部电影，都会回味好久，好像从那里面领会很多似的。这也是我们童年时代仅有的一点电影教育吧!

哥哥天资聪颖过人，小小年纪，就能分析事理，明辨是非，可惜只活了十三年就离我而去了。我们兄妹欢乐相聚的日子非常短暂。所以这两次的同看电影，也使我永难忘怀。

细雨灯花落

在上海念大学时，中文系每月至少有两次雅集，饮酒时常常行“飞花令”。就是行酒令的人饮一口酒，先念一句诗或词，不论是自己作的，或古人现成句，必定得包含一个花时，挨着个儿向右点，点到谁是花字，谁就得饮酒，再由他接下去吟一句，再向下点。非常紧凑、有趣。上的每道菜，我们也时常以诗词来比配象征，例如明明是香酥鸭，看那干干黑黑的样子，却说它是“枯藤老树昏鸦”。端上一大碗比较清淡的汤，就念道：“吹皱一池春水，干卿底事。”遇到颜色漂亮的菜，那就句子更多了：“碧云天，黄叶地”啦，“故作小红桃杏色”啦，“桃花柳絮满江城”啦。有一位男同学，脑筋快，诗词又背得多，他所比的都格外巧妙。记得有一道夹烧饼的黄花菜炒蛋，下面垫的粉丝，他立刻说“花底离愁三月雨”，把缕缕粉丝比作细雨，非常妙。他胃口很好，有一次把一只肥肥的红闷鸭拖到自己前面说:“我是‘斗鸭阑干独倚’。”引得全体拊掌大笑。他跟一位女同学倾心相恋，在行酒令时，女同学念了一句“细雨灯花落”，那个“花”字刚好点到了他，原来，这句正是他所作水调歌头的最后两句：“细雨灯花落，泪眼若为容。”这位男同学性格一向豪放，不知为什么，忽然“泪眼若为容”起来。他们二人相视而笑，我们也深深体会到，爱情总是带着泪花的。

记得有一次几个人在咖啡室里小聚，几上一盘什锦水果。中间有几颗樱桃。这位女同学就念道：“留将颜色慰多情。分明千点泪，贮作玉壶冰。”眼睛望着她的心上人嫣然一笑。这首临江仙的作者是多情的纳兰成德，最后几句是“感卿珍重报流莺，惜花须自爱，休只为花疼。”真觉得古典诗词含蓄之美，两人惺惺相惜，只需彼此唱和，而浓情蜜意，尽在不言中了。

遗憾的是这一对有情人并未成眷属，战乱终于使他们各奔东西，“惜花须自爱，休只为花疼”，终成语谶。

古人有“剪烛夜谈”的情趣。现在都是电灯、日光灯，即使有蜡烛，也没有那种开出烛花的灯草烛芯，即使有那种灯草烛芯，也没有那份剪烛夜谈的闲情逸致。因此，一想起“灯花”，一想起“细雨灯花落”，连我也不禁要“泪眼若为容”了。

钱塘江畔

我高中毕业后，为遵从严父之命，就近进入杭州之江大学，心中总觉有点委屈。因为我的志愿是去北平念呱呱叫的燕京大学。当时的高中及大学生有几句评语是：“北大穷，师大老，只有燕京清华呱呱叫。”我既然“呱呱叫”不起来，只好当一个土头土脑的本地大学生了。没想到一进之江，看到巍峨校舍背山面水的大气派，听了开学典礼中校长和各位主任的训诲，心中疑虑顿息，而且立刻就爱上这所大学了。

之江的风景之美，据说居全世界大学第四位。办公大楼的慎思堂，居高临下，面对波涛汹涌的钱塘江。背面是水木清华的秦望山，远处是雄伟的南北高峰。出校门下山，向左走不到数百步就是六和塔。向右步行一小时即可到品茗胜地九溪十八涧。在秦望山上远眺，只见西湖像银白色的一个圆点，点在银白色弯曲的钱塘江边上，形成一个“之”字，也就是之江大学之所以得名。

我幼年时在故乡看《东周列国志》,知道钱塘江潮水的故事:第一个大潮头是伍子胥的怒气,第二个紧接而来的是文种的怨气。所以钱江潮水是一前一后奔腾而至。我曾随双亲至海宁观潮,亲眼看见滔天白浪,张牙舞爪向你迎面扑来,心中有点畏惧。又想起戏台上伍子胥怒目吹须,仰天号哭的神情,不禁合掌向潮头拜了三拜,表示对历史上孤臣孽子的崇敬。

我进之江时,中国最伟大的工程之一钱塘江大桥正在施工中。因此于课余之暇,同学们都三三两两,到江边散步,欣赏江上秀丽的朝暾夕辉,也参观工程人员的工作情形。尤其是土木系同学,对此最感兴趣。有时还上小汽艇去实地领略一番或帮点小忙。对于如此艰巨的工程,我们居然能身历其境地去感受,确乎是非常幸运的。

想起当时我们女生都不喜欢上体育课的球类,老师也就网开一面,让我们到江边划船。也无非比划比划,送我们每人一个七十分。然后就一群人嘻嘻哈哈地到六和塔下的小摊上吃片儿汤,吃饱了,迎着晚风唱歌回宿舍。一路上还买些水果、花生、老菱等,边走边吃。年轻人的橡皮肚子,是永远胀不破的。有时,就会有自告奋勇的男同学,来帮忙提东西,女生就落得轻松。

有一次,我和同寝室最知己的同学邹小乔才坐下来吃片儿汤，就看见一位高高大大的男同学走来，在小乔的对面坐下说：“小乔小姐，桌子不够了，我和你们一起坐可以吗？”我向来比较羞怯，没有作答，小乔点了头表示同意。原来这位男同学是土木工程系的韦明峰，全校都认识的“大力士”，在迎新晚会上，他赤裸着肌肉发达的上身，穿一条豹皮短裤，在台上表演气功，睡在钉板上，肚子上压着大石板，石板击碎了，他背上连钉印子都没有。小乔和我对他的印象是江湖卖艺之辈，一定流里流气，书更念不好。所以这时对他越发爱理不理。吃完了，他就抢着付钱，小乔和我的原则是绝不轻易接受男同学的请客，以免制造闲话。尤其我庭训至严，和男同学说话都战战兢兢，遇到这种情形，就有点不知所措。小乔却大声地说：“啥宁（什么人）要侬（你）请客？”上海话带点苏州腔，格外的娇嗔。韦明峰只是冲她咧了咧雪白整齐的牙齿，把亮晃晃几枚银角子撒在桌面上，站起身来，等我们先走。小乔一扭身子，理也不理他就往前走去，我紧跟着她，韦明峰就在我们后面亦步亦趋，非常谦恭的样子。想起他表演气功时那副雄赳赳的神气，刚才被小乔刮了顿胡子，我心里倒有点不忍，却又不好意思理会他。将到校门时，他指了指男生宿舍，用浓重的广东口音说：“我住在东斋，那边是西斋。我的寝室是锡（十）号。”

小乔像是听也没听见，我看他可怜兮兮的，就对他点个头，说声谢谢。经过东斋门口时，总以为他该停步了，没想到他仍跟在后面，一路送我们到女生宿舍韦斋的“男生止步”处。我再向他说声谢谢，他结结巴巴地说：“明天傍晚，我请你们去江边划船好吗？”小乔早已走进大门，飞奔上楼，（其实我们的寝室在楼下大统间。楼上是高年级同学住的，新生似乎要吃点亏。）他话是在对我说，眼睛却一直望着小乔的背影。我只好代回一声：“再说吧。”因为心里知道他是追小乔的，反而觉得坦然大方起来。而且直觉地认为这个男生不错，他健硕的身材，和小巧玲珑的小乔在一起，给人一种英雄美人的感觉。于是我就有意成人之美，要拉拢他们，我那一副乡下姑娘朴实的神情，韦明峰也许感受得出来，斯斯文文地反而对我说了声谢谢才走了。

我和小乔的床是并排儿紧靠的，两人感情既好，时常于熄灯后聊到深夜，无非是些女孩儿家的悄悄话。小乔的中英文都很好，喜欢背诗词，看西洋名著小说。我们讲起缠绵悱恻的《茶花女》或《红楼梦》、《断鸿零雁记》来，仿佛自己也是书中女主角，热泪涔涔而下。小乔是外文系，我是中文系，彼此惺惺相惜，无话不谈。当晚我就悄悄地问她：

“那个大力士，好像对你很有意思呢，这么多新的大一女同学，他就已经记得你的名字了。”

“那有什么稀奇？他不是听别的女同学也在喊我名字吗？我最讨厌这种人，自作多情，尤其是广东人，最喜欢当着女同学要阔。”

“你的成见太深了，我倒不觉得他是那种油腔滑调的人。”

“我就是不喜欢，你这样念念不忘，看来你倒是有点喜欢他呢。”

“你完全错了，我才不会喜欢这一型的男孩子。”

“我知道，你喜欢的是穿着一袭飘飘然的长衫，在月光下吹着洞箫的那种男孩子。”

“你好酸，那是诗词中人物，现实世界里那会有？你别转移目标，我真的问你对大力士印象如何？我看他人很诚恳温厚，你不是说喜欢温厚的人吗？”

“你又不会看相，怎么知道他温厚？”

“小时候听外公说的，男人额角高，眉心宽，表示心地宽大，鼻子圆圆的，不是鹰钩鼻，嘴巴大，嘴唇厚厚的就表示温厚……”

“你倒真像个看相的，还有呢？”

“还有就是缺点了。”

“什么缺点？”

“就是后脑勺太扁了点，一定是小时候摇篮里睡得太多了，他妈妈太忙没工夫抱他。”

小乔咯咯地笑起来，说："头发再留长点，就看不出来了嘛。"

"对啦，你说这话，可见你也注意到了，而且已经喜欢他了。"

"你别胡说，我才没那么容易喜欢一个人。告诉你，我有三个表哥都追我，我一个也瞧不上。"

"啧啧啧，好神气，我有三十个表哥都追我，我也一个都瞧不上。"

"就因为三十个表哥里面，没有一个穿长衫吹洞箫的。"

"一点不错。"我们都笑得喘不过气来，直到老舍监韦尔森小姐来巡视，我们才不作声了。

第二天一大早，挑水的校工经过我们韦斋，在窗外轻轻敲了两下说："邹小乔小姐，有你一封信。"

"信？"我比小乔还急，一跃而起，打开窗户，伸手接过来，一看信封上写着："请送韦斋一号宿舍，邹小乔小姐，东斋韦拜托。"我大喊："小乔，大力士开始第一步了。别看他傻乎乎的，你住那间屋子，他都打听得清清楚楚。快打开来看。"

"你代我拆一下，念给我听。"

"不行，第一封情书，一定得自己拆。"

"什么情书？快拆嘛。"

我只好遵命而拆，高声念："小乔，本星期六下午，我们一同在江边划船，然后去九溪十八涧喝茶好吗？随你约多少同学都可以，我划船划得很好，可以带队。我在清溪谷的桥边等你们。盼你的回音。”那桥名情人桥，可是大力士不敢直说。

“怎么样，他真是文武全才，挺雅的，而且知道你喜欢喝茶，苏州小姐嘛。”（小乔的母亲是苏州人。）

“我才不去。”

“去吧，我陪你，我情愿当两百烛的电灯泡，别让他失望了好不好？”

“小珍，你真是地道乡下姑娘，哪有这样一请就到的？”

“唔，非得搭上架子，三请四请才姗姗而去。”

“九请十请也不去。”

“干吗这么绝情呢？小乔，除非你心里已经有个人了。”

小乔没有回答，只轻轻叹了口气，好像她不接受男孩子的追求另有苦衷。我们虽知己，她不说我还是不愿追根究底地问。那封信，小乔就没有作覆，韦明峰第一次的邀请落了空，可是从那以后，他竟是每天一封短信，由挑水工友递送过来，放在窗台外面，轻敲一下玻璃就走了。小乔每天早上醒来，第一件事就是打开窗户，取进信来，拆开来看一眼，然后就往枕头或褥子底下一塞，信太多了，就掉到床下，打扫房间的女工友就会随便扫走。我若看见了就急急抢救起来，吹去灰尘，放在她小书桌抽屉里。有时小乔兴致来了，也将一把信都抓出来让我一封封的看，一封封地念。有中文，有英文，他引诗词和西洋诗都恰到好处，情意至为隽永而不肉麻。看来他也背了不少古典诗词，莎翁的剧本尤其熟，读得我也津津有味。这样一个文质彬彬而又英俊挺拔的少年，小乔会丝毫不假以辞色，真是奇怪。不过有志者，事竟成，这就得看韦明峰的耐心了。

有一次，我们到六和塔下散步，然后在钱塘江边的沙石上坐下来，吃橘子，看落日。小乔最喜欢看落日晚霞。她常说将逝去的短暂时刻最美。她这种论调，照我外公的看法，是不大吉利的，不知为何，我会有这种迷信的想法，无怪小乔笑我是十足的乡下姑娘，脱不了土气。

我们正哼着电影里的一只歌曲："Let's you and I go，Sailing along the rippling stream，Holding hands together……"却听到背后噗噗噗的摩托车声，戛然而止。一个带磁性的男高音，接下去唱"Together，we'll dream."回头一看，正是韦明峰，他居高临下地骑着一辆崭新的摩托车，停在上面的马路上，笑盈盈地望向我们。他得不到小乔一个字的回音，却毫不在意似的。我推了一把小乔说："跟他打个招呼吧，怪可怜的。"小乔抿嘴一笑，抬起手臂向他摇了两下。公主的一丝浅笑，对他真是无上的光荣，他马上跨下车子，飞奔而下，对着我们恭恭敬敬地说："今晚月亮会很好，我们现在先划一下船，然后散步去九溪十八涧品茶好吗？"还是那个老约会，我极力赞成，为了朋友，反正做定了电灯泡。小乔不置可否，韦明峰马上去找一条较新的小船，扶我们上去。坐定以后，他双桨并摇，姿势美妙。他和小乔是面对面的，我虽背对他，却可想象他那份兴奋快乐。小乔也确实欣赏他划船的技术；问他一些控制船身以及如何适应水流的问题，他生硬的粤语显得特别淳朴，和小乔的呢哝吴语，配合起来，格外令人陶醉。我这个局外人，就像欣赏一部旖旎风光的爱情影片，感到飘飘然的欢乐。划了一阵船，晚霞已由金红转为暗紫，平静的江面跳跃着瞬息万变的光彩。我望着施工中的大桥，不禁叹息建筑工程的伟大。韦明峰告诉我们桥墩内部的构造，和工程人员如何趁着退潮时打下桥墩的艰巨过程。看他对于这份庄严工作的向往，和对于工作人员的尊敬，使我立刻感觉到，他并不是个花花公子型的富家子弟，而是一个对人生的意义与价值有着肯定看法的人。想他将来毕业之后，服务社会，一定是个敬业乐群之人。我都有这种感觉，聪明敏锐的小乔还会没有认识吗？我偷觑一下，只见她低着头，望着船边流逝的江水。真的是"欲语还低面，含羞半敛眉"，这神情怎不教一往情深的韦明峰神魂颠倒。

船靠岸后，韦明峰上岸在车子前面口袋里取出一个照相机，硬要为我们拍照，我知道小乔还不会愿意和他合拍照片，就退开一边，让他为她单独拍一张。让伊人玉照，与他长伴。

收好相机，他去小店里买了大包小包的零食，推着车，和我们一同走向九溪十八涧。在茅亭坐下来，打开零食包，正是小乔最爱吃的瓜子和奶油松子糖，韦明峰真是个可人儿。

小乔仍不愿多说话，只是嗑着瓜子，她嗑瓜子的技巧高明，几粒瓜子同时丢在嘴里，用舌尖一舔，喀喀几下，吐出来的壳全部都是完整的，我大大地夸她一顿，她不由的也得意起来说："我妈妈的嗑瓜子技术才高明呢。一把壳吐出来，随风飘在地面上，就像梅花瓣似的。无锡有个赏梅胜地叫香雪海。在亭子的走马廊里坐着嗑瓜子赏梅花，她吐的瓜子壳，可与梅花瓣比美呢。"

"那真是砌下落梅如雪乱，拂了一身还满了。"韦明峰忽然冒出一句后主的词来。

"看不出你这个'土木人'，真的还喜欢文学。"小乔也开腔了。

"学工程是父亲的意思，他说我身体好，有这本钱应该学点实际科技方面的学识，为国家做点事。文学是我的兴趣，用以陶冶性情，这是受母亲的影响。她在我小时候就教我背诗词。当时只是顺口的背，现在越念越喜欢。觉得其中境界无穷。不知你们觉不觉得，一个人在寂寞、失望时念念诗词，会使人振作起来。想到古人所耐的寂寞和经受的打击，要比我多得多，心里就坦然了。最奇怪的是愤怒的时候读诗词，会让自己平静下来。我父亲曾说过一句话：古来大政治家、大文豪到了晚年，诗词愈作愈多，愈作愈好，就是他们不再愤怒了，苏东坡就是个好例子。”

他一口气滔滔不绝地说下去，真没有想到一个学理工的人，对文学有如此深度的认识与爱好。小乔问他：“你最喜欢那个人的词呢？”

“我不是中文系的，还不会分辨各家的作风，只是拣我自己喜爱的背。我很喜欢‘独立市桥人不识，一星如月看多时’这两句，却不记得是谁作的了。我觉得那一份独来独往的苍凉，只有星星月亮才知道。”他说话时，浓浓眉毛下一对眼神一直注视着小乔。小乔却故意左顾右盼地指着我说：“她最喜欢的是姜白石的‘旧时月色，曾几番照我梅边吹笛’。”并向我做个鬼脸。

“那么小乔，你呢？”小乔两个字，像从他心儿里流出来似的，那么的轻柔，温馨。

“我也不是念中文系的，记不得太多，我倒是喜欢苏东坡有首《卜算子》。尤其是最后四句：‘惊起却回头，有恨无人省。

拣尽寒枝不肯栖，寂寞沙洲冷。’”

“对极了，我也好欣赏，这是他自己心情的写照。”

小乔只浅笑一下，没有再搭腔。我但愿他们的交谈能愈久愈好，想起身走开，又怕小乔不肯单独与他相对。不走吧，总觉使韦明峰不能畅所欲言。左右为难中，却想起“毋欲速，欲速则不达”的古训，就索性尽力扮演一个恰当的角色，让气氛显得更为自然而融洽。于是我即景生情地描述了故乡春山绿水的好风光，和自己童年有趣的故事，逗大家笑乐一番。几壶清茶和花生豆腐干已使肚子胀胀的了，才兴尽而归。韦明峰仍旧手推摩托车，送我们到韦斋门前。

晚上，我故意不和小乔谈韦明峰，让她静静地自己体味。

次晨，照例是一封信摆在窗外。小乔拆开看了递给我看，写的是：“和你们分手以后，又骑着车去江边兜风，我从来没这般快乐过。小乔，有个要求能答应我吗？让我陪你在清溪谷的桥上散一次步，只要一次就够了。等你回音。”他仍旧不好意思把那条情人桥的名字说出来，生怕恼了小乔。

“答应他吧，小乔，不要让他一直做独立市桥人不识的孤单人儿。”

“那又不是市桥，你比喻得不伦不类，而且我总是不喜欢他骑着摩托车耀武扬威的样子，这和他谈天时的神情不一致。”

“那又有什么关系，人的性格应当是多方面的。”

“性格多方面的人一定是多变的。”

“所谓多方面指的是兴趣，一个人内心总有一点最固执不变的东西。”

“那是什么？”

“爱。”

“小珍，告诉我，你爱过吗？”小乔忽然问我。我有点茫然，只期期艾艾地回答：“没有。”

“我也没有，”她咬了下嘴唇：“可是我若是爱了，我要爱到底，我也不能容忍我所爱的人，为别人所爱，或再爱别人。”

“你真富于想象。影子还没有的事，想它做什么？”我就是那么个浅薄乐观，无忧无虑的傻女孩。

“你不知道我母亲一生有多痛苦，父亲对她一见钟情，结了婚，生下我以后就抛弃她了。我牢牢记住母亲对我说的话：不要轻易相信一个英俊男孩的甜言蜜语和细心体贴。她说‘相思本是无凭语，莫向花笺费泪行’，母亲怕我重蹈她的覆辙，几乎不让我进大学呢。”

“母亲那个时代和我们不同，女人一次婚姻的失败，就是永恒的创伤，现在已没这么严重了。”

“照你这么说来，所谓新时代的新女性，就可以随随便便的恋爱，随随便便的结婚、离婚啰。小珍，真没想到你会把爱情看得如此云淡风轻。”小乔几乎是非常生气地提高了嗓子，她从没这样对我说话过，倒把我吓慌了，也不知如何作答，她又继续说着：

“告诉你，不管旧时代、新潮流，古往今来，爱情就是海枯石烂，生死不渝的。你是念中国文学的，这点观念应该比我更根深蒂固。”我被说得哑口无言，看来我真是个毫无人生经验的傻大姐。但由于小乔说出她母亲的事，我反倒不便再苦劝她理会韦明峰了。说实在话，我又知道他多少呢？

邀约散步的信，小乔就没回他。韦明峰的信，还是一天一封不断地送来，而且把在江边拍的照片也附来了，小乔单人照的后面，写着“柔情似水”四个字，因为小乔的眼睛是注视着江水的。

气候渐入冬令，我们也很少去江边散步，就不大见到韦明峰。只有在每周一次的西洋哲学概论课里，可以见到他。在课堂里，彼此点点头，一个微笑，很少说话。韦明峰从来不挤到小乔边上来坐，而且时常迟到，踮着脚尖悄悄在后排坐下，美国教授戴博士总要打趣地喊一声“Good morning，Late Mr. Wei！”于是全堂大笑。下课时，他总是最后一个慢吞吞离开教室。小乔有时也会向他看一眼，奇怪的是他从不上前来和我们说话，仿佛那些情意款款的信都不是他写的。我觉得他那么一个生龙活虎似的人，却由于小乔对他的冷落漠视，而显得落落寡欢起来，我心中实在不忍，不由得又劝小乔："至少给他一封简单的信，谢谢他拍的照片总可以吧。"小乔也被我说动了，用秀绢的字体，写了几句："照片技术不错，只是背后的题字不甚恰当。天气已冷，我们不要去桥上散步，就在明天下午下课后去六和塔，爬上最高的一层，看看钱塘江。"我看了信，兴奋得什么似的，等待第二天在西洋哲学概论课上，由我转递给他。

奇怪的是韦明峰没有来上课，他尽管常常迟到，却从不逃课的。直到下课，仍未见他来，小乔也不时注意教室门口，显得心神有点不安，我反而暗暗高兴，因为知道小乔已经渐渐在关心他了。戴教授离开教室时，还拿起点名册看一眼，向我们耸一下肩说："Late Mr. Wei is really too late this morning！"我笑了笑，小乔却双眉紧锁，十分无情无绪的样子，谁说她冷若冰霜，她已经为韦明峰的情丝所困扰了。

过不多久，校门外忽然传来消息，说昨夜钱塘江建桥工程出了事，施工人员的小汽艇后面的车叶不知怎么被江里的铁丝缠住了，怎么也挣脱不开。因此耽误时间，半夜后潮水上涨，汽艇翻覆，站在桥墩上的人一筹莫展地眼看汽艇沉没，工作人员和浪潮挣扎到精疲力竭，终于全部丧生了。更令人吃惊的是死者之中竟有一位之江的学生，就是韦明峰。这是不可能的，他为什么深更半夜去江边，也上了工程船呢？小乔浑身颤抖，脸色苍白，我也五内如焚，心慌意乱，一下子牺牲了几十位尽忠职守的施工人员，已经够触目惊心，其中竟然有韦明峰，这究竟是怎么回事？难道他会因小乔对他的冷漠而自杀？不会的，我断定他不是这种人。正在伤恸疑惑之中，挑水工友送来一封信，结结巴巴地说："小姐，真对不起，这是韦明峰的信，他昨晚交给我，就骑着摩托车去江边了。我劝他这么冷的天，去江边干什么，他说心里烦出去兜一圈。"

"是他骑车冲向江心的吗？"我急迫地问。

"不是的，我去江边看过了，车子还好好停在路边呢！站在桥墩上的工人说，汽艇要翻掉时，他就脱去大衣，跳下江心去帮着营救想解开铁丝，可是潮水太大，挣扎了很久连他也淹死了。真可惜，韦先生人好热心，对我们工友都很好，他昨晚把信交给我时，叫我一定要多敲几下玻璃窗，等邹小姐醒了，把信交到她手里。可是今早因为这个坏消息赶到江边去，反把信忘了，现在送给邹小姐已经太晚了，我真对不起他。昨晚上看他心神不定的样子，应该劝住他的，现在说什么都太晚了。"

我木鸡似地呆立着，听工友喃喃地叙述完毕，不禁泪如雨下。小乔更是泣不成声。她内心对韦明峰的歉疚抱憾之深，是无法形容的。工友走后，她把韦明峰最后这封信递给我看，轻轻叹息了一声说："他真傻。"他的信里写着："小乔，最近常常觉得，不能得到你的爱，连活着都没有意思了。今夜再骑车去江边兜一圈，也许江水会给我一点启示。因为我总觉得你是柔情似水的——虽然钱塘江的水是怒吼的。什么时候，能得你的允许，一同在桥上散一次步呢？真的，一次就够了，我有好多好多话想跟你谈。明天在课堂里，能得到你的答复吗？"

我无言地把信折好，小乔已在枕头底下，褥子底下，抽屉里，翻出他所有的信。一封封看，一封封折叠。泪水一点点滴落在蓝色的信笺上。谁说"相思本是无凭语，莫向花笺费泪行"呢？对小乔来说，韦明峰这份纯真温厚而带点稚气的爱情，将会使她流一辈子的眼泪。想起她对我说的："我要是爱就爱一辈子，但我不能容忍他为别人所爱或再爱别人。"现在这番话倒成了无凭的空言了。但以小乔轻易不动情却又情深似海的个性，韦明峰赢得她的眼泪，也算死而有幸了。

我翻开西洋哲学概论，取出夹在里面小乔给韦明峰的信，这第一封也是最后一封无法转交的信，放在韦明峰所有的信一起，为她包好塞在一只匣子里，轻声对她说："以后别再看了。"

小乔幽幽地叹了口气说："戴教授老是喊他 Late Mr. Wei

真是个不祥之兆，尤其今天，我好像就有一种感觉，他永不再来上课了。”

我也百感交集，不知怎么安慰她才好，原是一朵绚烂的爱情之花，未开放便已萎谢了。我原是个不知愁的女孩，而生死瞬息之间的大变，和钱塘江边躺着的几十具殉职者的尸体，这种悲惨的现象实在令人心惊。好多天，我和小乔都不敢去江边。有一天小乔忽然对我说：

“小珍，陪我去桥上散一次步，再去六和塔，爬上塔顶，我要看看钱塘江的水，它为什么要这样愤怒，吞没了好人。”

“再过些日子吧。”我心想：“你何不早点答应韦明峰呢？”想起江边傍晚的彩霞，是小乔最喜爱的，她说倏忽逝去的短暂时光最美。我怀疑韦明峰的爱，在她心湖中所掀起的涟漪，会不会是短暂的呢？

挑水的工友告诉我，同学们从韦明峰挂在摩托车上的夹克口袋中，发现一张小乔的照片，背面写着“柔情似水”四个字。我没有把这话转告小乔，只在心中默默地纪念着这位以全部生命去爱的好人。他爱他心中的公主，也爱这世界上所有的人。他又自恃体魄壮健，对水性熟悉，不然，他就不会奋不顾身，跳入巨浪澎湃的江心救人，终于同被江水吞没了。

梅花的踪迹

冰霜未尽先娇媚，芳菲欲动偏回避。原不识春愁，负他月一钩。

缟衣邀共折，素袍应同惜，犹有最高枝，何妨出手迟。

——菩萨蛮

一九四五年秋，抗战胜利，我随着浙江大学从龙泉回到杭州，因浙大师范学院借西湖萝苑（即哈同花园旧址）开课，我就住在临湖的水阁里，得与国文系教授丘老师晨夕晤对。丘老师是一位词人也是画梅圣手，恰巧我也是对梅花有偏爱的人，在龙泉时，就曾于课余跟他习画。回杭州以后，在那样的秀媚湖山里，更是画兴盎然了。可是丘老师很少画，也很少谈画理，他书斋壁上悬的是他十四年前的手笔，上面就题着这首菩萨蛮。一派高雅飘逸的神韵，使一室都浸入恬淡柔和的气氛里。我不胜钦羡的注视着它，问丘老师是什么灵感竟使他画出这样美的画，他微笑着点点头说：“这确乎是一种特殊的灵感，而这灵感似乎永不能再回来了。因为那时候，我是真正接触到梅花温柔的心，做了她的知己，倾全心灵画了这幅画。”“丘老师，这里面有故事吗？”我忍不住问。

他又是微笑着点点头，可是微笑里带一点黯然，他没有继续说下去，我也就不敢再问了。

清晨或傍晚，我陪丘老师沿着湖边散步，对着晨曦暮霭里锦绣般的西湖景色，丘老师眼神里好像冻结着一层浓重而神秘的忧郁，目光越过淡蓝色的远山，望着无垠天际的某一点，似乎在找寻什么东西。抿得紧紧的嘴角，老挂着一丝丝惆怅，看着他这副神态，我有点茫然。

冬天来了，冻结在他眼神里的那一层神秘的忧郁反而溶解开来。他爱大雪，尤其爱在雪地里跑。他要我陪他在平湖秋月看湖上的雪景，又从对面的树荫道穿到孤山。孤山的梅花含苞待放了，丘老师总在花下俯仰低回，依依不忍离去，我深深感到丘老师对梅花的爱好，一定不是寻常的感情吧！

有一个下午，天气奇寒，室内的温度降到了零下，天空飘起雪来。我们从玻璃窗里望出去，粉妆玉琢的远山近水，好像缩小在一只玲珑的水晶球里。纷飞的雪片，有着梦一般的凄迷。

“大雪来了，梅花也开了，可是我看不见在一片雪光中冉冉而来的她。”丘老师忽然幽幽地自语着。

“丘老师，她是谁呢？”

丘老师把望向远处的目光收回来，看了我半晌说：“你有兴致喝酒吗？”

“好，我去暖。”我立刻高兴地回答，因为我知道丘老师将和我叙述他的故事了。

等我把酒暖了来，丘老师已经在书箧里取出一幅画与一张女孩子的照片，他先把照片递给我说：“你看看。”

接过照片，啊！那一对藏在长睫毛里的眼珠，像刚刚出现在海上蓝天的星星，是那么清明而遥远。更有那两颊上浮动着笑靥的一对酒窝，我能用什么字眼来形容呢？我只觉得在那一刹那间，上帝才真正赐予我以幸福与智慧，我才懂得什么是真正的美了。

“丘老师，就是她吗？”我问。

“嗯！美吗？”

我不能回答，因为什么话都不能说出我的感想。

“当我在之江大学任教时，她跟我学画。”

“她现在呢？”

“在一个大风雪的早晨，她失踪了。”

“失踪了！”我吃惊地喊。

“哦！为了找寻春天里第一枝开放的梅花。”是丘老师低沉的回答。

他又慢条斯理地打开那幅画，把画轴递在我手里，拉开来看，原来是一位穿紫红短袄青灰裤子的妙龄女郎，两肩垂着辫子，婷婷地站在幽静的湖边，秀媚的眸子，注视着两树压雪盛放的梅花。上面题着一行字：“红与白，娇难别，天涯影里胭脂雪。”

这幅画不完全是国画的情调，却又不是西洋写生画，那意境会使你忘却现实，忘却人间一切的不如意，而进入另一个完美天堂一般的境界里。

丘老师指着画中女郎说：“这就是照片里的女孩子。她的名字叫阿梅。”

“她是之江的学生吗？”

“不是，是我在幽谷中发现的一枝梅花，你相信吗？她就是一枝梅花。”丘老师边说边把画挂起来。

“快点告诉我吧！丘老师。”我被他的神情语调激动了。

直等到他有了几分醉意以后。才慢慢地说出以下的一段故事：

一九三〇年，我在之江大学任教，那学校的环境真是太美了。我的房子，在山腰的最僻静处。每天大清早，都跑上山头看日出，遥望西子湖与钱塘江在胭脂似的朝晖里，闪烁着万点金波。然后从山背后寻着幽径回来，一路上，欣赏许许多多不知名的山花杂树，回来后便乘兴挥毫。你知道，我的画是为想写下花木的一派天真，可是我也常常笔不从心，废然搁下了。

有一个严寒的傍晚，我正在呵冻作画，画笔在纸上左右不如意，心中正是烦躁，忽见雾蒙蒙的玻璃窗外面，有一个人影在晃动，我连忙放下画笔跑去开了房门问："是谁？进来吧！外面太冷了。"

一个女孩子一跃跳进屋子，目光像流星似地在屋子的四周画了一道圈，又落在我的画纸上。

"先生，您在画什么？"她的声音是那么清脆，像珍珠滚落在玉盘里。

"我不知道自己在画什么？我简直不能画呢！"我懊丧的回答。

"先生，您愿意和我去看看吗？"

"看什么？"

"您来！"她不等我说什么，就一把拉住我跳出屋子，我也忘其所以地随着她跑。这突如其来的小姑娘把我惊傻了。她究竟是谁，拉我到那儿去，我都没有来得及想。我们一直跑了好长一段山径，凛冽的寒风迎面刮来，可是她愈跑愈快，双颊绯红，两片朱红的嘴唇紧闭着。

“小姑娘，你要我到那儿去？”

她不马上回答我，却把两根乌黑的辫子甩到肩后，伸手指着山径尽头的一幢小茅屋说：“那就是我的家，先生，你看见屋那边一株梅花吗？”

我眯着眼睛望去。果真离茅屋一丈路左右，有一株婀娜多姿的梅花，在沉沉的暮霭里，显得寂寞而孤高。

“先生，您能答应为它画一幅吗？”她边走边问。

“你这样喜欢它？”

“哦！它是伴着我一起长大的。”她天真地笑了，露出玉一般的细牙。

我们已经走进茅屋，一个中年男子迎出来，惊诧地对我看看，我正不知道自己该怎么说，那姑娘抢上前去喊道：“叔叔，我找到一位画家了。”

“先生，请里面坐，您尊姓？”那男人和蔼地问。

“我姓丘，您呢？”我这才想起还没问过那姑娘的姓名。

“我姓韩，”他回头看看正在端茶出来的小姑娘说：“她是我的侄女，叫阿梅。”

“韩梅。”我低低地念着，眼睛不由得注视着她，她大约十六七岁，完全是乡村姑娘打扮，在柔和的烛光里，她那圣洁美丽的脸容，像是突然出现在你眼前的梦影，让你的思想远离尘世，而陶镕在灵的境界里。她没有一般女孩子的娇羞，却又不是狂野。眼里闪着一种似憧憬又似抑郁的光。皮肤像雪光映在梅花瓣上，透着淡粉红的亮光。这样一个女孩子，生在这样幽静的处所，是天公有意的安排吗？

我呆呆的思索着，是韩梅的叔叔唤醒了我。

“丘先生，您喝口热茶。”

“韩先生，她的父母亲呢？”我问。

“她的父亲也是一个画家，到处流浪，有一天，他把她带给了我们，托我们把他唯一的女儿抚养大，他又去流浪了。我们不知道他的母亲是谁，现在在哪里？”他叹了口气，又接着说：“这孩子的性情很古怪，她就爱天天守着那株梅花。她总想有人能把她和梅花的影子摄取在一起，今天她找到您了。”

阿梅依在叔叔身后，静静地微笑着，笑里带着对我的恳求与信托。

“好，阿梅，我一定给你画。”我感动地说：“可是要你帮着我。”

“谢谢您，丘先生，我怎么帮你呢？”阿梅跑过来蹲在我身边。

“要你常常在我面前，看见你我就能画了。”我从心底里涌上无可掩饰的喜悦。

“真的吗？”阿梅满心欢喜地大笑起来，她的叔叔也笑了，一阵暖和包围了我。

外面忽然有女人叫阿梅的声音，阿梅的笑容顿敛，却拉着我说：“丘先生，往这边走。”

她带我从后门走到那株梅花树边，天已渐渐黑了。阿梅双手攀着花枝，感激地说：“丘先生，您真好。”

“你怎么会找到我的？”我不免好奇地问。

“我已不止一次站在你窗外看你画，只是没有被您发觉罢了。”

“你这样喜欢画吗？”

“我不懂，可是我喜欢看你笔尖上开出来的花朵，这些花朵，在梦里我都见过。”

“你读过书吗？”

“嗯！”她点点头：“叔叔有不少书，可是越读越使我不了解的更多了。”

“你要知道些什么？”

“我说不出来，”她微喟了一声：“比如说月亮和星星为什么不能老闪亮在天空，梅花为什么开了又谢，爸和妈的形象为什么从不曾在我心里显现过，婶婶的脸容为什么老是那么阴惨惨地……”

“阿梅，你想得太多了，那些不知道的就永远让他不知道吧！”

“可是画就不是这样，你一定懂得这大自然，懂得爱花，懂得爱草木，然后你把你所想的向他们诉说，全心全意托付给他们，不是吗！丘先生，我每次看您画的时候，您的容貌简直像神仙，丘先生，您能教我画吗！”

“你就是画，你融合在大自然里，美极了，宇宙只配为你存在……”我没有再说下去，我觉得这些歌颂都太庸俗，反而会玷污了她。

她并不理会我的赞美，仍是半梦幻似的望着黑沉沉的天幕，半晌不作一声，她又在想什么了。

“阿梅，天黑了，我先回去，明天就给你画，好吗？”我说。

她感激地点点头，又拉着送我一段路才回去。

我寻着曲折的山径回宿舍，树木在寒冷的夜风中放散着浓郁的芳香，山林的清气把我的心胸洗涤得纤尘不染。怀着一颗丰裕的心，我默默地走着，恍惚于刚才的奇遇是仙境而非人间。阿梅好像并不是我刚刚认识的女孩子，她应该是我原已蕴蓄于心灵深处的感情之泉，又好像是我相知有素，阔别多时的知己，不经意的分离，又不经意的重逢了。

我跨进房门，一眼看见刚才的纸笔还摆在桌上，画了一半的松树，慵懒地伸着笨拙的腰肢，枝上拖着几根零乱的枯藤，我一下把它团在手心里。“多么可怜，多么贫乏，这也是画吗？我也是你心灵的创作吗？”我喃喃地讥讽着自己，又像饮了醇酒似的兴奋起来，在屋里来回踱着，从那一刻起，我才恍然领悟自己原有一颗丰满的心，才懂得把心中所有的全部倾泻在画里。

整一夜，我作着断断续续的短梦，天微亮就起来，展开纸，拿起笔来，笔锋在纸上不能停留，因为那不是我的手在画，我只觉得孕育在心灵深处的一枝梅花兀自飞跃而出。挺秀中见柔媚的枝干伸展开来，疏疏密密的丰盈花朵，吐着缕缕淡绿的花蕊，使我觉得大雪纷飘的后面，正是春天的消息近了。

“丘先生！”是那么亲切地一声呼唤，阿梅不知何时已站在我后面了。

“阿梅，你来得这么早，你进来我一点也没听到。”

“您一支笔出神地飞舞着，我也看得出了神呢！”

放下笔，两手按着她的肩，再仔细地端详她，她穿着一件紫红短袄，青灰色绸裤，辫子松松地垂在两肩，天使般的笑容里，嵌着两个深深的酒窝。我凝视着她，又看看纸上的梅花，仿佛她已跃进我的画里了。

“阿梅，我这就给你画。”

“不，我要您先陪我到山上跑跑。”她娇羞地说：“我爱初升的太阳，清早的雾，和在雾里开出的花朵。”

“好。”我说。

她牵着我的手臂，像一只迷失已久的小鸟，重又飞返母亲的身边，跳跃着，歌唱着，是那么的依恋亲昵，快乐天真。

我们走过一段木桥，桥下流水潺湲，她停足伫立了一会儿，若有所思地问：

“丘先生，您说这水流向哪儿？”

“流向江河，流向海洋。”

“您看钱塘江水是那样的奔腾汹涌，我常常想爸和妈一定随着滚滚的波涛而去，永不回来了。”

“你很想念爸爸和妈妈？”我问她，一面走到一座茅亭里坐下来休息。

“我想我总该有个根，我是从哪儿来的呢？您看我屋旁那株梅花，静静地长着，风霜雨雪都摧折不了她，她是属于这寂寞的深山幽谷的。”

“你也是属于这深山幽谷的，你和梅花秉承的是同一种气质呢！”

“真的，那么我一定能和梅花一样的坚贞美好了。丘先生，您高兴有我这么一个孩子吗？”

“没有法子形容我是多么喜欢你。”

“丘先生，您真像我的爸爸。”

“你记得你爸爸吗？”

“记不得，我太小了。可是我能想象，我的爸爸应该就是您这样的人。”

“你叔叔对你不错吧！”

“很好，可是他太把我看成个不懂事的任性孩子了。”

“这还不好吗？”

“我不只要求那样的爱，我有许多梦想和憧憬，他都不懂。还有婶婶，唉！别去说她了，总之，我想世界上真有美丑的话，她应该是属于丑的一面了。”

“阿梅，你懂得太多了。”我茫然找不出话宽慰她。

她悠然叹了口气，跨出茅亭向前走去，遥远天边乌黑的云层已透出绛紫色的光，树林中的寒雾渐渐散开，太阳快上来了。我们急急爬上山头，看跳跃的金盘已自东方的山坳里冉冉上升，金光照在阿梅紫红色的衣服上，与洁白而微红的脸颊上，她露出了在热切盼望中得到十二万分安慰的笑容，恰如正在虔诚祈祷的圣女，望见了神灵的光芒。

绚烂的云彩渐渐地散开，太阳升高了，阿梅向着另一条羊肠小道指着说：“往这边下去！”她就很快的跑了。我在后面远远地跟着，跑到山脚下，她忽然停住脚喊起来：“丘先生，快来，您快来呀！”

“什么？”我诧异地问。

“您看！”她把手一指，原来在两山合抱的一块山坳嵌着一个圆圆的小湖，湖水清澈平静，令人惊喜的是湖边竟有两枝梅花，一枝兀立着，一枝弯曲到水面，在阳光里显得那样地雅淡悠远。我也不禁大喜地喊道：“太好了！我从没有发现这个好地方。”

阿梅快乐得不能说什么话了，她跑到树下，只是昂首欣赏着，半晌才和我说：

“丘先生，我们天天来这儿好吗？”

“好！”我兴奋地点点头，虽然我知道到这儿来有一大段山路，可是为了阿梅的兴致，我是绝对不辞劳苦的。

“给它取个名字好吗？”

“就称它梅湖吧！这是你的地方。”

从此以后，阿梅每天都到我宿舍里来，无论是大风大雪，都没有间断过。可是梅湖却非得天晴才能去，因为路太滑不好走。阿梅来时，就看我画。我一口气给她画好这幅在梅湖边的画，她真是高兴极了，她对着画凝思地说：“丘先生，这地方太好，我要永远守住它。”

我教阿梅画，她领悟得真快，不论是运笔色调布局，经我略一指点，淡淡几笔，就画得出神入化。有时我真感到自己的指点是幼稚而多余，且不免自惭庸俗。因为阿梅是山川灵秀之所钟，她不仅是天才，也是美的化身，除了她，没有人配歌颂美了。

冬天过去了，浓郁的春意点染了山林，梅花谢去，随着吐出了嫩绿的叶子。山中百花都抢着发放灿烂的奇葩。我带着阿梅在附近各处游赏，因为她不愿跑得太远，不愿见外界的生人。秦望山、九溪十八涧、六和塔、印下了我们重重叠叠的足迹。我们的心灵交融为一，我觉得过去没有阿梅时的生命是空洞的。我爱阿梅，像一个园丁培育他辛勤栽植的幼苗，是那么纯真恳切，像白雪不着一点尘埃。我们但愿终生相守，剖腹相示。

山中的岁月是简朴的，绝没有尘世的烦扰忧愁。我们的心也是一片安宁恬适，阿梅半幻梦似的忧伤也因我的开导而渐渐淡去，她的画更是日见进步。可是她有一个古怪脾气，就是画了画拿起来看一会儿就撕去，我总想把它抢下来，她说："何必呢？我只是为了要画出内心的情绪，有时我自己都捉摸不定那瞬息千变的情绪，又何必要把画保留下来呢？"这一点，常使得我异常不快，我预感到一种不祥之兆，阿梅仿佛是雨后的一缕彩虹，她与你是那么接近，你却眼看着她在遥远的天边渐渐隐去而无法追寻。与她在一处，就好像睡梦将醒未醒之时，意识已在模糊中告诉你那是一枕将逝的短梦，而无可奈何的心情却只有恍惚与怅惘。因此我格外珍惜我们相聚的每分每刻，而每次与她分手都有着难以言喻的惜别之情。

春天、夏天、秋天，像五彩的图画，在我们眼前抽过去，整个宇宙好像都为我们增加了变幻。对于朝晖暮霭，潮落潮生，阿梅都有着不同一般的看法与感慨，而对于因时序更换的花开花谢，她却于伤感中怀着希望地说：

“梅花是一年里最迟开放的花，所以百花虽然萎谢，我总在盼待中。”

“梅花带来了第二年春天的消息，所以她应该是春天里最早开放的花。”我说。

“唔！”她点点头，眼里露出欢愉的光。

冬天又披着雪白的羽衣降临了。阿梅特别爱冬天，她红润的两颊闪亮的眸子，会溶解你周身的冷气，给你更多的温暖。

有一天，下着大雪，阿梅来画完画后，我捧着她冻得红肿的手问：

“冷吗？”

“不冷，”她摇摇头说：“丘先生，你怕冷吗？”

“有你作伴，我永远是暖和的。”

“那么陪我去梅湖好吗？”

“下雪，路不好走吧！”

“瞧您，就没勇气。”她噘起小嘴。

“好，去吧！”我只好依从了。

我们先是手拉手，身子靠得紧紧地，在风雪中挣扎着走向梅湖，山径被雪遮没了，两边树枝压得低低地，身子插过去，大块的雪落在我们的头上颈里，阿梅抓起来使力扔向树梢，又纷纷撒下许多雪来。阿梅放开我的手，轻快地跑着，大笑着，我却蹒跚地追在后面喊：“阿梅，慢点走，小心滑倒啊！”

她好像没听见，只是一味依着斜坡向下飞奔，在照眼的雪光里，她好像张开翅膀的天鹅，愈飞愈远，我眯着眼帘望去，只看阿梅的身影缩得小小地，仿佛她将在这银色的帐幕里消失了，我心头陡然涌上一层难以形容的恐慌，好像阿梅就将如此舍我而去，永不再回来了。

等我转了个弯，才看见她已站在粉妆玉琢的梅湖畔，扬手向我招呼。我跑上前去一把拉住她的手，却又感到她的手是那么纤细，纤细得几乎会在我手心中化去，刚才那一种立刻会失去她的感觉，又不禁涌上心来。我怔怔地望着她，她像是一尊白玉的雕刻，又像是一朵正开放的昙花，给予我的印象究竟是永恒还是短暂，我意识不出来，可是我的眼睛却被泪水模糊了。

“丘先生！”阿梅微微惊讶地喊。

“阿梅，你能永不离开我吗？”

“我没想过这问题，丘先生，我们既然是这样谈得来，总应该是天天见面的。”

“如果我离开这里，到别处去呢？”

“您愿意带我去吗？”她睁大了眼睛恳切地望着我问。

“只要你肯，还有你叔叔婶婶肯。”

“他们不会来管我。”停了一下，她忽然又幽幽地说：“可是我屋旁的那株梅花，还有梅湖呢？”

“难道您永远守住这个地方吗？只要你放眼寻求，春意是充满人间的。”

她朝我微笑着点点头。

第二天，阿梅携来这幅她自己的照片，递给我说：

“丘先生，我只有这一张照片，送给您。”

“阿梅，你太美了。”我接在手里说：“可是你怎么想到送我一张照片？”

“我昨晚回去想想，你待我这样好，您又是那样愿意和我在一起，可是万一我们分离了呢！”

“我们是不应该分离的，你为什么那样想？”

“世上的事情是很难预料的。”她微喟地说。

“阿梅，我决不离开你，如果你舍不得这个地方，我就陪着你，一辈子。”

“真的？”她彗星样的眸子里闪着泪光。

我像慈父样的围抱着她，轻轻掠开她额前的短发，无限温情地吻了她的额，我感受到一种超人间的难以言喻的安慰，甚至觉得纵使如我所预感的，阿梅一旦突然舍我而去，我也不会悲哀与失望，因为阿梅给与我的信赖与情爱，在我的生命里已倾注了永恒的幸福，上帝赐予我的已超出了寻常的爱，我再没有空虚与怨望了。

一个阴沉的下午，冻结的天空笼罩了整个山头，我正笼起火等阿梅来。阿梅忽然像幽灵似地，无声地跨进门来，脸色苍白，颊上满是泪痕。

“你怎么了？阿梅。”

“丘先生，”她竟是呜咽不能成声，半晌才说：“婶婶把我的梅花砍掉了。”

“砍掉了，为什么？”

“她不喜欢我，因而也讨厌那梅花，丘先生，那树上已满是花苞了。”

“阿梅，你不要太伤心啊！”

我紧紧抱着她，她悲切地抽噎着。又抬起迷惘的泪眼望着窗外阴暗的天空，灰色的层云在飞速地飘动，她的脸容愈加如石膏像似的惨白起来，我从来没有看见阿梅如此绝望悲愤的神色，我的心不由得颤抖起来。

“阿梅。”我低低地喊，却说不出话。

“丘先生，您知道那梅花是伴着我一起长大的啊！”

“我知道，可是你现在心痛也没有用。还有梅湖呢！梅湖的梅花，一定会开得更好。”

“哦！”她忽然想起来似的抬起头。“丘先生，陪我去梅湖好吗？”

“天气这样不好，明早好吗？”我是怕她脆弱的身体，受不了恶劣天气的影响。

“好，明早吧！”她微微有点失望，却并没有坚持。

“阿梅，你爱梅花。梅花就活在你心里，她虽然外形萎谢了，生机是永存天地间的，一切都是如此，不只是梅花。”

“您要是眼看她倒在雪地里那凄惨的形状，您也会伤心的，婶婶是有意砍碎我的心呢！”

她又啜泣起来，任我百般抚慰，她总是郁郁不欢。趁着天还没有黑，我陪她回家去，一路上，我挽着她的手臂，像牧人带领着他的小羔羊，慢慢儿在树林里走着，快要到她家的时候，她忽然转脸问我。

“丘先生，您说梅花是春天里最早开放的花，她是在迎接春天的来临吗？”

“是的。”

“我一定得陪着她，不能再让人戳伤她了。”

在她家门口，她又紧紧捧着我的手说：

“丘先生，明天早晨，您在家等我啊！”

我忧郁地望着她的眼睛，在黑暗里，我感到她的眼睛里放着异常的光，好像是望穿了眼前暗黝黝的一片，一直望到了另一个世界去。泪珠凝在长睫毛上，弧形的嘴角紧抿着，无限的感伤、盼望、决定都逗留在那儿，可是她没有再说什么。

“阿梅，天冷，进去吧！”我低声地说。

她依依地放开我的手，迟缓地迈步走进屋子，这异乎寻常的依恋，又使我心中一阵难受，我也想陪她进去，但因时间不早，只得转身回来。

这一夜，我被阿梅的泪眼所困扰，在断续的短梦里，我又恍惚看见阿梅憔悴的面容，有如被砍倒萎谢在雪地里的梅花，云一般的乌发披散开来，狂奔地扑向我怀里。我惊醒过来，又好几次听见房门上的剥啄声，开门出去，却什么也没有，只有刺面的寒风。

天微亮，我就起来等阿梅。风雪愈来愈大，我在屋里不安地徘徊着，时针一分一刻地过去，直到靠近中午，还不见阿梅来，不祥的预感提醒着我，我心慌起来，阿梅病了吗？我披上大衣，急急忙忙地奔向阿梅的家，在半路上却见她叔叔迎面跑来。

“丘先生。”他喘着气喊：“阿梅到您那儿去了吗？”

“没有，她不在家？”

“她天没亮就跑出去了，到现在没见回来。”

我愣愣地站着。

“内人砍掉了她的梅花，又为一点小事责骂了她，她叹息哭泣了一夜，一清早竟不知上哪儿去了，丘先生，您知道她还有什么地方可去吗？”

“梅湖，一定是那儿。”我说。

“梅湖？”他茫然地问。

“随我来，”我拉起他飞跑。山中一片迷茫，扑面的风雪使人寒冷得窒息，我心里慌张，脚步踏不稳，常走的路也迷失了方向，爬过了许许多多的山涧溪流，迂回辗转地找到了梅湖。可是梅湖静穆地沉睡在风雪中，冰冻的湖水深得没有底，两枝梅花吐着蓓蕾，安详地摇摆着。阿梅是否到这儿来过，一点痕迹也没有。陡地一个可怕的意念掠过心头，我狂喊起来：“阿梅，你到哪儿去了，阿梅，你回来啊！”可是万籁无声，阿梅的音容消失在庄严的寂静里，一阵悲痛，我几乎晕倒了。

“这孩子的性情古怪，不会出什么事吧！”他叔叔也着急起来。

“等着吧！她会回来的，她总会回来的。”我颤巍巍地说，心里空洞洞地像跌在深潭里，什么也看不见，什么也想不起来。

一天、两天、一直到无数天、阿梅没有回来，她究竟到那儿去了，谁知道呢？我早已感觉她像一缕彩虹似的在我眼前出现，又渐渐在天边隐去，我本来就抓不住她啊！我把她的照片摆在案头，挂起了梅湖的画，一年来的情景依稀都在眼前，阿梅的声音笑貌萦绕在我周围，一股凄凉的亲切之感沁透心田，我再也止不住滂沱的眼泪了。

有一个深夜，我梦见阿梅来了。

“丘先生，”她伏在我肩上柔情地低唤：“为了找寻春天里第一枝开放的梅花，我冒着风雪跑向梅湖，我赶上了。丘先生，春天已在梅湖的花枝上了，我将不分年月地守在梅湖边，再不让任何人去伤害她们了。”

次晨，我恍恍惚惚地到了梅湖，果然高高的枝头，梅花开了。阿梅梦也似的笑靥，浮动在花心，她凝睇注视着我。我抚着花枝，吻了她。清寒的冰珠沾在我的嘴唇上，又是一阵凄凉的亲切之感。

丘老师的故事说完了，他抑扬顿挫的声浪把我也带入了梦境，我竟不知此身究在何处。停了半晌，他端起酒来慢慢地喝着，脸上泛起一丝微笑，他又接着说：

“你能说这是一场幻境吗？阿梅能是幻境里出现的仙子吗？可是这照片，这画又是哪儿来的呢？我明明听过她婉转的娇音，捏过她纤细的手，可是倏忽之间，她竟就不见了。……”

我只是默默地听着，因为此时我心头的空虚恍惚之感，正不亚于丘老师呢。

“阿梅究竟来自何处，去向何方，我不知道，我也无须追寻。因为她不是从人间来，自不会久驻人间。在这宇宙太空中，应有她的栖息之处，这一处不属于过去现在或未来，永不感染人世的悲欢离合，爱憎贪痴。那是她以爱和美交织成的永恒世界，我将寄托我的心灵在那永恒的世界里。”丘老师又继续喃喃地说。

“丘老师，回杭州以后，你去过梅湖吗？”

“去过了，”他叹息了一声。“可是我竟找不到旧址，连阿梅的家也找不到，十余年的离乱，竟使湖山也改了旧时模样，人世的沧桑，是多么令人感慨啊！”

雪花无声地飘落着，窗棂被风吹得格格作响，是不是阿梅冒着风雪归来了呢？我开门出去，四顾茫然，但见一片白皑皑的高山，找不到一点梅花的踪迹，我回头看丘老师神情悠然地对着梅湖画面，仿佛阿梅正从那画里姗姗而出了。

水晶宫的怀恋

我来台之初，即幸得枝栖。但因一时没有宿舍，婚后就暂时租了六席的榻榻米斗室居住。住不到三个月，因故不得不搬迁。寄住友人家三个月，才千辛万苦地在服务机关配到一间迷你小房间。那是大厦底层的一间浴室。瓷砖地上因还潮冒着水珠，走在上面如履薄冰。墙上龙头滴水涓涓有声。仅一扇木窗朝西北，无论冬夏都不能打开，总面积不到六席，还包含一个四方浴盆。整个屋子是弯弯曲曲的，说得文雅点是蜗庐，说得通俗点就是名副其实的螺蛳壳。我对着它直发愁，他却兴高采烈地设计起来。在凹处挂上帘子，拉上铁丝，既可挂衣服，又可堆杂物。浴盆上加一方木板，就成饭桌、书桌和书柜。一张借来的木板床，一椅，一几。几上一座淡绿台灯，配上淡绿帘幕，看去居然庭院深深起来。他忽然拍手说，地上冒汗珠，龙头滴水，这不是螺蛳壳，这是美丽的水晶宫嘛。

都说螺蛳壳里还可以做道场，我们有了宽阔的水晶宫还不够满意吗？他就是这么一个随遇而安，而又能改造环境的人。我也欣然而喜，奋然而作。那时又正值农历新年，两人提着篮子去采购年货，居然在那张“三合一”的饭桌上，大摆筵席，请家人亲友来吃年夜饭，尝家乡味。我们都觉得再简陋、再狭小的屋子，亦是最宽敞最温暖自由的家。古人于豪兴来时，往往自号什么居士、什么先生。我们没有那么文雅，却是真正喜欢我们的水晶宫。到了第二年七夕，我们的结婚周年纪念时，我不由得填了一首《鹊桥仙》以纪实，亦以表示内心的欣喜：

金风玉露，一年容易，心事共君细诉。米盐琐务费思量，已谙得人情几许？

半岁三迁，蜗庐四迭，此际酸辛无数。水晶宫里醉千杯，也胜似神仙伴侣。

屈指一算，已是二十七年前的旧事了。我们克勤克俭地积蓄，已经有了一幢公寓楼房。三房一长厅，在今天的生活水平不算一回事，与各种豪华大厦相比，更望尘莫及。但比起当年不到六席的“水晶宫”，它就是我们水殿云房的皇宫了。

有时我因书报杂物无处安放而抱怨房子不够大时，他就会提醒我回忆一下水晶宫中与蟑螂、蚂蚁、老鼠周旋的好日子。那确实是一段值得怀念的好日子，因为那绿色的帘幕，绿色的灯光，使我沉静，使我知足，使我弯腰屈膝，伏在那张也是饭桌、也是书柜的书桌上，开始写作，开始展开我广阔的天地。

钻石人生

我右手无名指上戴的一枚钻戒，不是结婚信物，而是母亲留给我的“传家宝”。它虽有一克拉的分量，却是漏底的，黄黄的，而且有一角已经破损。与新式钻戒比在一起，就显然黯然失色。但它在我心中，却是无价之宝。

我自幼就爱亮晶晶，逢年过节，看庙戏的时候，总是戴上满身的亮晶晶，和戏台上的花旦比美。手指上的水钻戒指，更是掉了一只再买一只。我问母亲，什么时候才能戴她那只真正的金刚钻戒指。（那时称钻石为金刚钻。）母亲说：“等你懂得宝爱它的时候。”可是每逢我生病发高烧，母亲就取出金刚钻戒指给我套在食指上。（因为圈圈太大了。）对着烛光，我举起手指一直一直地看。带着金刚钻的五彩缤纷入梦，病就很快好了。上中学时，有一次我竟偷了这枚钻戒戴起来向同学炫耀。上体育课时，一不小心掉在水门汀地上，砸碎了一个角，留下了永久的伤痕。母亲没有严词责备我，只说了一句："再坚硬的东西，也会碎的，你真不小心。"我心里好难过。

四十多年来，这枚钻戒一直没离开过我的手指。它单纯的面，象征母亲朴质无华的一生。而那一角破损，尤其提示了母爱的包容。我是愈来愈懂得宝爱它了。

钻石是最坚硬的矿石，它胜过珍珠、珊瑚、玛瑙、翡翠等宝玉，西洋人到结婚六十周年纪念，才称为钻石婚。但任何坚硬的东西，都会破损，如果不小心的话。夫妻能白首偕老到六十年，中间要经过多少磨炼，才使这段姻缘发光。人的一生，也要经过多少砥砺，才见得生命的壮美。

我们从前称钻石为金刚钻。金刚自是坚固之意，不坏之身称为金刚身。坚定的信心称为金刚心，也就是佛心。一个人为人为学处世，即使不能磨炼出如钻石般的光芒，至少也不应暗淡无光。孔子说："君子疾没世而名不称焉。"似可作两层的解释。第一层是说人的声名必须与实际相符，实至而后名归。再一层是说人生一世，必须自期以立德而致不朽之名，不能到死而默默无闻。我是个平凡人中的平凡人，绝不敢自期过高，但也总要立个坚定的目标，不移的准绳，以自我勉励。

望着手上的钻戒，仿佛听到母亲慈祥而肯定的训谕，在指引我步步向前。

附录——编辑说明

——符立中

琦君在台湾地区有整整三十多年堪称“全民作家”，她写作的年代和范畴幅度很广，作品非常丰沛。不过，正因如此，一些市面上号称的琦君精选其实并不能含括她的全貌。本书试图纵横她整个创作生涯，为读者精选出最全面、最具代表性的琦君。

琦君虽然在很早的时候就开始投稿，不过并无文名、不能算入作家行伍；她真正大量投稿，绽放异彩要算在台湾地区工作稳定之后。她最早开始写小说，第一部作品《琴心》是自费出版，散文小说合集。第二本第三本作品《菁姐》《百合羹》都是小说集。她的小说，取材现实时事很多，想象虚构的故事很少。这并不是她文学的辉煌部份。

琦君真正大放异彩，要等到60年代末期，她以《一朵小梅花》《髻》《下雨天，真好》描写童年的温州乡情和母亲（实际上为大伯母），含悲受辱的一生，震动文坛。她这几篇文章获得编选语文课本的林海音和主编《读者文摘》的林太乙青睐，一登龙门，身价百倍。琦君成为名作家时已是中年以后，她花费大量的时间授课、演讲、回复读者信函；从那时起她换了出版社，也调整了写作的题材和类别，从此之后，成为“有井水处、皆柳永词”的台湾地区作家代表。

也因为作品分属不同的出版社，因此这次我们特别邀请琦君早期卖断版权的出版社，撷选当初使她一鸣惊人的篇章，和中晚期的散文编选在一起，呈现她笔下人物形象的完整风貌。而透过这些文章的编选，我们也能发现，早期一些小说虽然归类在虚构的文体，实际上皆有所本。读者必须打破小说、散文的分类扞格，才能体会琦君的创作意图。

琦君于 1977 年随夫迁居美国。1980 年返回台湾地区。1983 年再度赴美定居。此后直到她结束创作生涯，才返回台湾地区。晚年琦君为记忆衰退而苦，幸而她已经穷尽一生，将她童年浙江永嘉的一草一木，尽皆入文。她永远是温州的女儿。

琦君幼读私塾，及长师从词学大师夏承焘，国学素养之深厚，非同小可。但她是彻底的白话文学拥护者，下笔为文讲究行云流水，决不掉书袋。只有在题取篇名，甚或书名时才恢复国文教授的身份。包括《三更有梦书当枕》《千里怀人月在峰》，都是出自师长的诗词。她的创作领域还包括一般读者也不知道的劝导文，也曾编写戏剧。1990 年她出版《橘子红了》，这是将她的家庭悲剧讲述得最完整的一次。2005 年《橘子红了》改编成轰动大江南北的连续剧。琦君本人于 2006 年与世长辞，享年 89 岁。

符立中

作家、乐评家，亦为重要张爱玲、白先勇评论家。《张爱玲与白先勇的上海神话》获李欧梵赞美“创见和灼见累累”，夏志清称誉为“当今台湾文化界的奇才”。陈子善撰文称《对谈白先勇》为“不可不读此书”。小提琴师从谢中平，十七岁即名列台湾最重要的乐评人，二十年间台湾古典乐评多受其影响，更被广为模仿。现正参与张爱玲电影《第一炉香》的摄制工作。

符立中文笔擅以繁复音韵营造气派、华丽的意象，曾应邀与程抱一、高行健、林怀民对谈；为 EMI 制作法国国宝 Mesple 专辑。曾专访 DIVA. B. Nilsson、Dame. Schwarzkopf、Vishnevskaya、Marton、Von Stade 等乐史传奇。多部专著曾获五四文艺奖章。